JN195955

宮沢《みやざわ》賢治《けんじ》

宮沢賢治大活字本シリーズ①

# 銀河鉄道の夜

銀河鉄道の夜／グスコーブドリの伝記

三和書籍

【凡例】

・本書に収載の「銀河鉄道の夜」の底本は、角川文庫『銀河鉄道の夜』、「グスコーブドリの伝記」は、岩波文庫『童話集風の又三郎』である。

・文字データは、青空文庫作成の文字データを使用した。

・文字遣いは、そのデータによる。

・ルビは、データのものに加えて、本文、目次を総ルビとした。

・文字遣いには、格段の基準は設けていない。

目次

# 銀河鉄道《ぎんがてつどう》の夜《よる》

## 一　午後《ごご》の授業《じゅぎょう》

「ではみなさんは、そういうふうに川《かわ》だと言《い》われたり、乳《ちち》の流《なが》れたあとだと言《い》われたりしていた、このぼんやりと白《しろ》いものがほんとうは何《なに》かご承知《しょうち》ですか」先生《せんせい》は、黒板《こくばん》につるした大《おお》きな黒《くろ》い星座《せいざ》の図《ず》の、上《うえ》から下《した》へ白《しろ》くけぶった銀河帯《ぎんがたい》のようなところを指《さ》しながら、みんなに問《と》いをかけました。

カムパネルラが手《て》をあげました。それから四《し》、五人《ごにん》手《て》をあげました。ジョバンニも手《て》をあげようとして、急《いそ》いでそのままやめました。たしかにあれがみんな星《ほし》だと、いつか雑誌《ざっし》で読《よ》んだのでしたが、このごろはジョバンニはまるで毎日教室《まいにちきょうしつ》でもねむく、本《ほん》を読《よ》むひまも読《よ》む本《ほん》もないので、なんだかどんなこともよくわからないという気持《きも》ちがするのでした。

ところが先生《せんせい》は早《はや》くもそれを見《み》つけたのでした。

「ジョバンニさん。あなたはわかっているのでしょう」

ジョバンニは勢《いきお》いよく立《た》ちあがりましたが、立《た》ってみるともうはっきりとそれを答《こた》えることができないのでした。ザネリが前《まえ》の席《せき》からふりかえって、ジョバンニを見《み》てくすっとわらいました。ジョバンニはもうどぎまぎしてまっ赤《か》になってしまいました。先生《せんせい》がまた言《い》いました。

「大《おお》きな望遠鏡《ぼうえんきょう》で銀河《ぎんが》をよっく調《しら》べると銀河《ぎんが》はだいたい何《なん》でしょう」

やっぱり星《ほし》だとジョバンニは思《おも》いましたが、こんどもすぐに答《こた》えることができませんでした。

先生《せんせい》はしばらく困《こま》ったようすでしたが、眼《め》をカムパネルラの方《ほう》へ向《む》けて、

「ではカムパネルラさん」と名指《なざ》しました。

するとあんなに元気《げんき》に手《て》をあげたカムパネルラが、やはりもじもじ立《た》ち上《あ》がったままやはり答《こた》えができませんでした。

先生《せんせい》は意外《いがい》なようにしばらくじっとカムパネルラを見《み》ていましたが、急《いそ》いで、

「では、よし」と言《い》いながら、自分《じぶん》で星図《せいず》を指《さ》しました。

「このぼんやりと白《しろ》い銀河《ぎんが》を大《おお》きないい望遠鏡《ぼうえんきょう》で見《み》ますと、もうたくさんの小《ちい》さな星《ほし》に見《み》えるのです。ジョバンニさんそうでしょう」

ジョバンニはまっ赤《か》になってうなずきました。けれどもいつかジョバンニの眼《め》のなかには涙《なみだ》がいっぱいになりました。そうだ僕《ぼく》は知《し》っていたのだ、もちろんカムパネルラも知《し》っている、それはいつかカムパネルラのお父《とう》さんの博士《はかせ》のうちでカムパネルラといっしょに読《よ》んだ雑誌《ざっし》のなかに

あったのだ。それどこでなくカムパネルラは、その雑誌《ざっし》を読《よ》むと、すぐお父《とう》さんの書斎《しょさい》から巨《おお》きな本《ほん》をもってきて、ぎんがというところをひろげ、まっ黒《くろ》な頁《ページ》いっぱいに白《しろ》に点々《てんてん》のある美《うつく》しい写真《しゃしん》を二人《ふたり》でいつまでも見《み》たのでした。それをカムパネルラが忘《わす》れるはずもなかったのに、すぐに返事《へんじ》をしなかったのは、このごろぼくが、朝《あさ》にも午後《ごご》にも仕事《しごと》がつらく、学校《がっこう》に出《で》てももうみんなともはきはき遊《あそ》ばず、カムパネルラともあんまり物《もの》を言《い》わないようになったので、カムパネルラがそれを知《し》ってきのどくがってわざと返事《へんじ》をしなかったのだ、そう考《かんが》えるとたまらないほど、じぶんもカムパネルラもあわれなような気《き》がするのでした。

先生《せんせい》はまた言《い》いました。

「ですからもしもこの天《あま》の川《がわ》がほんとうに川《かわ》だと考《かんが》えるなら、その一《ひと》つ一《ひと》つの小《ちい》さな星《ほし》はみんなその川《かわ》のそこの砂《すな》や砂利《じゃり》の粒《つぶ》にもあたるわけです。またこれを巨《おお》きな乳《ちち》の流《なが》れと考《かんが》えるなら、もっと天《あま》の川《がわ》とよく似《に》ています。つまりその星《ほし》はみな、乳《ちち》のなかにまるで細《こま》かにうかんでいる脂油《あぶら》の球《たま》にもあたるのです。そんなら何《なに》がその川《かわ》の水《みず》にあたるかと言《い》いますと、それは真空《しんくう》という光《ひかり》をある速《はや》さで伝《つた》えるもので、太陽《たいよう》や地球《ちきゅう》もやっぱりそのなかに浮《う》かんでいるのです。つまりは私《わたし》どもも天《あま》の川《がわ》の水《みず》のなかに棲《す》んでいるわけです。そしてその天《あま》の川《がわ》の水《みず》のなかから四方《しほう》を見《み》ると、ちょうど水《みず》が深《ふか》いほど青《あお》く見《み》えるように、天《あま》の川《がわ》の底《そこ》の深《ふか》く遠《とお》いところほど星《ほし》がたくさん集《あつ》まって見《み》え、したがって白《しろ》くぼんやり見《み》えるのです。この模型《もけい》をごらんなさい」

先生《せんせい》は中《なか》にたくさん光《ひか》る砂《すな》のつぶのはいった大《おお》きな両面《がめん》の凸《とつ》レンズを指《さ》しました。

「天《あま》の川《がわ》の形《かたち》はちょうどこんななのです。このいちいちの光《ひか》るつぶがみんな私《わたし》どもの太陽《たいよう》と同《おな》じようにじぶんで光《ひか》っている星《ほし》だと考《かんが》えます。私《わたし》どもの太陽《たいよう》がこのほぼ中《なか》ごろにあって地球《ちきゅう》がそのすぐ近《ちか》くにあるとします。みなさんは夜《よる》にこのまん中《なか》に立《た》ってこのレンズの中《なか》を見《み》まわすとしてごらんなさい。こっちの方《ほう》はレンズが薄《うす》いのでわずかの光《ひか》る粒《つぶ》すなわち星《ほし》しか見《み》えないでしょう。こっちやこっちの方《ほう》はガラスが厚《あつ》いので、光《ひか》る粒《つぶ》すなわち星《ほし》がたくさん見《み》えその遠《とお》いのはぼうっと白《しろ》く見《み》えるという、これがつまり今日《こんにち》の銀河《ぎんが》の説《せつ》なのです。そんならこのレンズの大《おお》きさがどれくらいあるか、またその中《なか》のさまざまの星《ほし》についてはもう時間《じかん》ですから、この次《つぎ》の理科《りか》の時間《じかん》にお話《はなし》します。では今日《きょう》はその銀河《ぎんが》のお祭《まつ》りなのですから、みなさんは外《そと》へでてよくそらをごらんなさい。ではここまでです。本《ほん》やノートをおしまいなさい」

そして教室《きょうしつ》じゅうはしばらく机《つくえ》の蓋《ふた》をあけたりしめたり本《ほん》を重《かさ》ねたりする音《おと》がいっぱいでしたが、まもなくみんなはきちんと立《た》って礼《れい》をすると教室《きょうしつ》を出《で》ました。

## 二　活版所《かっぱんじょ》

ジョバンニが学校《がっこう》の門《もん》を出《で》るとき、同《おな》じ組《くみ》の七《しち》、八人《はちにん》は家《いえ》へ帰《かえ》らずカムパネルラをまん中《なか》にして校庭《こうてい》の隅《すみ》の桜《さくら》の木《き》のところに集《あつ》まっていました。それはこんやの星祭《ほしまつ》りに青《あお》いあかりをこしらえて川《かわ》へ流《なが》す烏瓜《からすうり》を取《と》りに行《い》く相談《そうだん》らしかったのです。

けれどもジョバンニは手《て》を大《おお》きく振《ふ》ってどしどし学校《がっこう》の門《もん》を出《で》て来《き》ました。すると町《まち》の家々《いえいえ》ではこんやの銀河《ぎんが》の祭《まつ》りにいちいの葉《は》の玉《たま》をつるしたり、ひのきの枝《えだ》にあかりをつけたり、いろいろしたくをしているのでした。

　家《いえ》へは帰《かえ》らずジョバンニが町《まち》を三《みっ》つ曲《ま》がってある大《おお》きな活版所《かっぱんじょ》にはいって靴《くつ》をぬいで上《あ》がりますと、突《つ》き当《あ》たりの大《おお》きな扉《とびら》をあけました。中《なか》にはまだ昼《ひる》なのに電燈《でんとう》がついて、たくさんの輪転機《りんてんき》がばたりばたりとまわり、きれで頭《あたま》をしばったりラムプシェードをかけたりした人《ひと》たちが、何《なに》か歌《うた》うように読《よ》んだり数《かぞ》えたりしながらたくさん働《はたら》いておりました。

　ジョバンニはすぐ入口《いりぐち》から三番目《さんばんめ》の高《たか》い卓子《テーブル》にすわった人《ひと》の所《ところ》へ行《い》っておじぎをしました。その人《ひと》はしばらく棚《たな》をさがしてから、

「これだけ拾《ひろ》って行《い》けるかね」と言《い》いながら、一枚《いちまい》の紙《かみ》切《き》れを渡《わた》しました。ジョバンニはその人《ひと》の卓子《テーブル》の足《あし》もとから一《ひと》つの小《ちい》さな平《ひら》たい函《はこ》をとりだして向《む》こうの電燈《でんとう》のたくさんついた、たてかけてある壁《かべ》の隅《すみ》の所《ところ》へしゃがみ込《こ》むと、小《ちい》さなピンセットでまるで粟粒《あわつぶ》ぐらいの活字《かつじ》を次《つぎ》から次《つぎ》へと拾《ひろ》いはじめました。青《あお》い胸《むね》あてをした人《ひと》がジョバンニのうしろを通《とお》りながら、

「よう、虫《むし》めがね君《くん》、お早《はよ》う」と言《い》いますと、近《ちか》くの四《し》、五人《ごにん》の人《ひと》たちが声《こえ》もたてずこっちも向《む》かずに冷《つめ》たくわらいました。

ジョバンニは何《なん》べんも眼《め》をぬぐいながら活字《かつじ》をだんだん

ひろいました。

六時《ろくじ》がうってしばらくたったころ、ジョバンニは拾《ひろ》った活字《かつじ》をいっぱいに入《い》れた平《ひら》たい箱《はこ》をもういちど手《て》にもった紙《かみ》きれと引《ひ》き合《あ》わせてから、さっきの卓子《テーブル》の人《ひと》へ持《も》って来《き》ました。その人《ひと》は黙《だま》ってそれを受《う》け取《と》ってかすかにうなずきました。

ジョバンニはおじぎをすると扉《とびら》をあけて計算台《けいさんだい》のところに来《き》ました。すると白服《しろふく》を着《き》た人《ひと》がやっぱりだまって小《ちい》さな銀貨《ぎんか》を一《ひと》つジョバンニに渡《わた》しました。ジョバンニはにわかに顔《かお》いろがよくなって威勢《いせい》よくおじぎをすると、台《だい》の下《した》に置《お》いた鞄《かばん》をもっておもてへ飛《と》びだしました。それから元《げん》気《き》よく口笛《くちぶえ》を吹《ふ》きながらパン屋《や》へ寄《よ》ってパンの塊《かたまり》を一《ひと》つと角砂糖《かくざとう》を一袋《ひとふくろ》買《か》いますといちもくさんに走《はし》りだしました。

## 三　家《いえ》

ジョバンニが勢《いきお》いよく帰《かえ》って来《き》たのは、ある裏町《うらまち》の小《ちい》さな家《いえ》でした。その三《みっ》つならんだ入口《いりぐち》のいちばん左側《ひだりがわ》には空箱《あきばこ》に紫《むらさき》いろのケールやアスパラガスが植《う》えてあって小《ちい》さな二《ふた》つの窓《まど》には日覆《ひおお》いがおりたままになっていました。

「お母《かあ》さん、いま帰《かえ》ったよ。ぐあい悪《わる》くなかったの」ジョバンニは靴《くつ》をぬぎながら言《い》いました。

「ああ、ジョバンニ、お仕事《しごと》がひどかったろう。今日《きょう》は涼《すず》しくてね。わたしはずうっとぐあいがいいよ」

ジョバンニは玄関《げんかん》を上《あ》がって行《い》きますとジョバンニのお母《かあ》さんがすぐ入口《いりぐち》の室《へや》に白《しろ》い巾《きれ》をかぶって寝《やす》んでいたのでした。ジョバンニは窓《まど》をあけました。

「お母《かあ》さん、今日《きょう》は角砂糖《かくざとう》を買《か》ってきたよ。牛乳《ぎゅうにゅう》に入《い》れてあげようと思《おも》って」

「ああ、お前《まえ》さきにおあがり。あたしはまだほしくないんだから」

「お母《かあ》さん。姉《ねえ》さんはいつ帰《かえ》ったの」

「ああ、三時《さんじ》ころ帰《かえ》ったよ。みんなそこらをしてくれてね」

「お母《かあ》さんの牛乳《ぎゅうにゅう》は来《き》ていないんだろうか」

「来《こ》なかったろうかねえ」

「ぼく行《い》ってとって来《こ》よう」

「ああ、あたしはゆっくりでいいんだからお前《まえ》さきにおあがり、姉《ねえ》さんがね、トマトで何《なに》かこしらえてそこへ置《お》いて行《い》ったよ」

「ではぼくたべよう」

ジョバンニは窓《まど》のところからトマトの皿《さら》をとってパンといっしょにしばらくむしゃむしゃたべました。

「ねえお母《かあ》さん。ぼくお父《とう》さんはきっとまもなく帰《かえ》ってくると思《おも》うよ」

「ああ、あたしもそう思《おも》う。けれどもおまえはどうしてそう思《おも》うの」

「だって今朝《けさ》の新聞《しんぶん》に今年《ことし》は北《きた》の方《ほう》の漁《りょう》はたいへんよかったと書《か》いてあったよ」

「ああだけどねえ、お父《とう》さんは漁《りょう》へ出《で》ていないかもしれない」

「きっと出《で》ているよ。お父《とう》さんが監獄《かんごく》へはいるようなそんな悪《わる》いことをしたはずがないんだ。この前《まえ》お父《とう》さんが持《も》ってきて学校《がっこう》へ寄贈《きぞう》した巨《おお》きな蟹《かに》の甲《こう》らだのとなかいの角《つの》だの今《いま》だってみんな標本室《ひょうほんしつ》にあるんだ。六年生《ろくねんせい》なんか授《じゅ》業《ぎょう》のとき先生《せんせい》がかわるがわる教室《きょうしつ》へ持《も》って行《い》くよ」

「お父《とう》さんはこの次《つぎ》はおまえにラッコの上着《うわぎ》をもってくるといったねえ」

「みんながぼくにあうとそれを言《い》うよ。ひやかすように言《い》うんだ」

「おまえに悪口《わるぐち》を言《い》うの」

「うん、けれどもカムパネルラなんか決《けっ》して言《い》わない。カムパネルラはみんながそんなことを言《い》うときはきのどくそうにしているよ」

「カムパネルラのお父《とう》さんとうちのお父《とう》さんとは、ちょうどおまえたちのように小《ちい》さいときからのお友達《ともだち》だったそうだよ」

「ああだからお父《とう》さんはぼくをつれてカムパネルラのうちへもつれて行《い》ったよ。あのころはよかったなあ。ぼくは学校《がっこう》から帰《かえ》る途中《とちゅう》たびたびカムパネルラのうちに寄《よ》った。カムパネルラのうちにはアルコールランプで走《はし》る汽車《きしゃ》があったんだ。レールを七《なな》つ組《く》み合《あ》わせるとまるくなってそれに電柱《でんちゅう》や信号標《しんごうひょう》もついていて信号標《しんごうひょう》のあかりは汽車《きしゃ》が通《とお》るときだけ青《あお》くなるようになっていたんだ。いつかアルコールがなくなったとき石油《せきゆ》をつかったら、缶《かん》がすっかりすすけたよ」

「そうかねえ」

「いまも毎朝新聞《まいあさしんぶん》をまわしに行《い》くよ。けれどもいつでも家《いえ》じゅうまだしいんとしているからな」

「早《はや》いからねえ」

「ザウエルという犬《いぬ》がいるよ。しっぽがまるで箒《ほうき》のようだ。ぼくが行《い》くと鼻《はな》を鳴《な》らしてついてくるよ。ずうっと町《まち》の角《かど》までついてくる。もっとついてくることもあるよ。今夜《こんや》はみんなで烏瓜《からすうり》のあかりを川《かわ》へながしに行《い》くんだって。きっと犬《いぬ》もついて行《い》くよ」

「そうだ。今晩《こんばん》は銀河《ぎんが》のお祭《まつ》りだねえ」

「うん。ぼく牛乳《ぎゅうにゅう》をとりながら見《み》てくるよ」

「ああ行《い》っておいで。川《かわ》へははいらないでね」

「ああぼく岸《きし》から見《み》るだけなんだ。一時間《いちじかん》で行《い》ってくるよ」

「もっと遊《あそ》んでおいで。カムパネルラさんといっしょなら心配《しんぱい》はないから」

「ああきっといっしょだよ。お母《かあ》さん、窓《まど》をしめておこうか」

「ああ、どうか。もう涼《すず》しいからね」

ジョバンニは立《た》って窓《まど》をしめ、お皿《さら》やパンの袋《ふくろ》をかたづけると勢《いきお》いよく靴《くつ》をはいて、

「では一時間半《いちじかんはん》で帰《かえ》ってくるよ」と言《い》いながら暗《くら》い戸口《とぐち》を出《で》ました。

## 四　ケンタウル祭《さい》の夜《よる》

ジョバンニは、口笛《くちぶえ》を吹《ふ》いているようなさびしい口《くち》つきで、檜《ひのき》のまっ黒《くろ》にならんだ町《まち》の坂《さか》をおりて来《き》たのでした。

坂《さか》の下《した》に大《おお》きな一《ひと》つの街燈《がいとう》が、青白《あおじろ》く立派《りっぱ》に光《ひか》って立《た》っていました。ジョバンニが、どんどん電燈《でんとう》の方《ほう》へおりて行《い》きますと、いままでばけもののように、長《なが》くぼんやり、うしろへ引《ひ》いていたジョバンニの影《かげ》ぼうしは、だんだん濃《こ》く黒《くろ》くはっきりなって、足《あし》をあげたり手《て》を振《ふ》ったり、ジョバンニの横《よこ》の方《ほう》へまわって来《く》るのでした。

（ぼくは立派《りっぱ》な機関車《きかんしゃ》だ。ここは勾配《こうばい》だから速《はや》いぞ。ぼくはいまその電燈《でんとう》を通《とお》り越《こ》す。そうら、こんどはぼくの影法師《かげぼうし》はコンパスだ。あんなにくるっとまわって、前《まえ》の方《ほう》へ来《き》た）

とジョバンニが思《おも》いながら、大股《おおまた》にその街燈《がいとう》の下《した》を通《とお》り過《す》ぎたとき、いきなりひるまのザネリが、新《あたら》しいえりのとがったシャツを着《き》て、電燈《でんとう》の向《む》こう側《がわ》の暗《くら》い小路《こうじ》から出《で》て来《き》て、ひらっとジョバンニとすれちがいました。

「ザネリ、烏瓜《からすうり》ながしに行《い》くの」ジョバンニがまだそう言《い》ってしまわないうちに、

「ジョバンニ、お父《とう》さんから、ラッコの上着《うわぎ》が来《く》るよ」

その子《こ》が投《な》げつけるようにうしろから叫《さけ》びました。

ジョバンニは、ばっと胸《むね》がつめたくなり、そこらじゅうきいんと鳴《な》るように思《おも》いました。

「なんだい、ザネリ」とジョバンニは高《たか》く叫《さけ》び返《かえ》しましたが、もうザネリは向《む》こうのひばの植《う》わった家《いえ》の中《なか》へはいっていました。

（ザネリはどうしてぼくがなんにもしないのにあんなことを言《い》うのだろう。走《はし》るときはまるで鼠《ねずみ》のようなくせに。ぼくがなんにもしないのにあんなことを言《い》うのはザネリがばかなからだ）

ジョバンニは、せわしくいろいろのことを考《かんが》えながら、さまざまの灯《あかり》や木《き》の枝《えだ》で、すっかりきれいに飾《かざ》られた街《まち》を通《とお》って行《い》きました。時計屋《とけいや》の店《みせ》には明《あか》るくネオン燈《とう》がついて、一秒《びょう》ごとに石《いし》でこさえたふくろうの赤《あか》い眼《め》が、くるっくるっとうごいたり、いろいろな宝石《ほうせき》が海《うみ》のような色《いろ》をした厚《あつ》い硝子《ガラス》の盤《ばん》に載《の》って、星《ほし》のようにゆっくり循《めぐ》ったり、また向《む》こう側《がわ》から、銅《どう》の人馬《じんば》がゆっくりこっちへまわって来《き》たりするのでした。そのまん中《なか》にまるい黒《くろ》い星座早見《せいざはやみ》が青《あお》いアスパラガスの葉《は》で飾《かざ》ってありました。

ジョバンニはわれを忘《わす》れて、その星座《せいざ》の図《ず》に見入《みい》りました。

それはひる学校《がっこう》で見《み》たあの図《ず》よりはずうっと小《ちい》さかったた。

のですが、その日《ひ》と時間《じかん》に合《あ》わせて盤《ばん》をまわすと、そのとき出《で》ているそらがそのまま楕円形《だえんけい》のなかにめぐってあらわれるようになっており、やはりそのまん中《なか》には上《うえ》から下《した》へかけて銀河《ぎんが》がぼうとけむったような帯《おび》になって、その下《した》の方《ほう》ではかすかに爆発《ばくはつ》して湯《ゆ》げでもあげているように見《み》えるのでした。またそのうしろには三本《さんぼん》の脚《あし》のついた小《ち》いさな望遠鏡《ぼうえんきょう》が黄《き》いろに光《ひか》って立《た》っていましたし、いちばんうしろの壁《かべ》には空《そら》じゅうの星座《せいざ》をふしぎな獣《けもの》や蛇《へび》や魚《さかな》や瓶《びん》の形《かたち》に書《か》いた大《おお》きな図《ず》がかかっていました。ほんとうにこんなような蠍《さそり》だの勇士《ゆうし》だのそらにぎっしりいるだろうか、ああぼくはその中《なか》をどこまでも歩《ある》いてみたいと思《おも》ってたりしてしばらくぼんやり立《た》っていました。

それからにわかにお母《かあ》さんの牛乳《ぎゅうにゅう》のことを思《おも》いだしてジョバンニはその店《みせ》をはなれました。

そしてきゅうくつな上着《うわぎ》の肩《かた》を気《き》にしながら、それでもわざと胸《むね》を張《は》って大《おお》きく手《て》を振《ふ》って町《まち》を通《とお》って行《い》きました。

空気《くうき》は澄《す》みきって、まるで水《みず》のように通《とお》りや店《みせ》の中《なか》を流《なが》れましたし、街燈《がいとう》はみなまっ青《さお》なもみや楢《なら》の枝《えだ》で包《つつ》まれ、電気会社《でんきがいしゃ》の前《まえ》の六本《ろっぽん》のプラタナスの木《き》などは、中《なか》にたくさんの豆電燈《まめでんとう》がついて、ほんとうにそこらは人魚《にんぎょ》の都《みやこ》のように見《み》えるのでした。子《こ》どもらは、みんな新《あたら》しい折《おり》のついた着物《きもの》を着《き》て、星《ほし》めぐりの口笛《くちぶえ》を吹《ふ》いたり、「ケンタウルス、露《つゆ》をふらせ」と叫《さけ》んで走《はし》ったり、青《あお》いマグネシヤの花火《はなび》を燃《も》したりして、たのしそうに遊《あそ》んでいるのでした。けれどもジョバンニは、いつかまた深《ふか》く首《くび》をたれて、そこらのにぎやかさとはまるでちがったことを考《かんが》えながら、牛乳屋《ぎゅうにゅうや》の方《ほう》へ急《いそ》ぐのでした。

ジョバンニは、いつか町《まち》はずれのポプラの木《き》が幾本《いくほん》も幾本《いくほん》も、高《たか》く星《ほし》ぞらに浮《う》かんでいるところに来《き》ていました。その牛乳屋《ぎゅうにゅうや》の黒《くろ》い門《もん》をはいり、牛《うし》のにおいのするうすくらい台所《だいどころ》の前《まえ》に立《た》って、ジョバンニは帽子《ぼうし》をぬいで、「今晩《こんばん》は」と言《い》いましたら、家《いえ》の中《なか》はしいんとして誰《だれ》もいたようではありませんでした。

「今晩《こんばん》は、ごめんなさい」ジョバンニはまっすぐに立《た》ってまた叫《さけ》びました。するとしばらくたってから、年《とし》とった女《おんな》の人《ひと》が、どこかぐあいが悪《わる》いようにそろそろと出《で》て来《き》て、何《なに》か用《よう》かと口《くち》の中《なか》で言《い》いました。

「あの、今日《きょう》、牛乳《ぎゅうにゅう》が僕《ぼく》んとこへ来《こ》なかったので、もらいにあがったんです」ジョバンニが一生《いっしょう》けん命《めい》勢《いきお》いよく言《い》いました。

「いま誰《だれ》もいないでわかりません。あしたにしてください」その人《ひと》は赤《あか》い眼《め》の下《した》のとこをこすりながら、ジョバンニを見《み》おろして言《い》いました。

「おっかさんが病気《びょうき》なんですから今晩《こんばん》でないと困《こま》るんです」

「ではもう少《すこ》したってから来《き》てください」その人《ひと》はもう行《い》ってしまいそうでした。

「そうですか。ではありがとう」ジョバンニは、お辞儀《じぎ》をして台所《だいどころ》から出《で》ました。

十字《じゅうじ》になった町《まち》のかどを、まがろうとしましたら、向《む》こうの橋《はし》へ行《い》く方《ほう》の雑貨店《ざっかてん》の前《まえ》で、黒《くろ》い影《かげ》やぼんやり白《しろ》いシャツが入《い》り乱《みだ》れて、六《ろく》、七人《しちにん》の生徒《せいと》らが、口笛《くちぶえ》を吹《ふ》いたり笑《わら》ったりして、めいめい烏瓜《からすうり》の燈火《あかり》を持《も》ってやって来《く》るのを見《み》ました。その笑《わら》い声《ごえ》も口笛《くちぶえ》も、みんな聞《き》きおぼえのあるものでした。ジョバンニの同級《どうきゅう》の子供《こども》らだったのです。ジョバンニは思《おも》わずどきっとして戻《もど》ろうとしましたが、思《おも》い直《なお》して、いっそう勢《いきお》いよくそっちへ歩《ある》いて行《い》きました。

「川《かわ》へ行《い》くの」ジョバンニが言《い》おうとして、少《すこ》しのどがつまったように思《おも》ったとき、

「ジョバンニ、ラッコの上着《うわぎ》が来《く》るよ」さっきのザネリがまた叫《さけ》びました。

「ジョバンニ、ラッコの上着《うわぎ》が来《く》るよ」すぐみんなが、続《つづ》いて叫《さけ》びました。ジョバンニはまっ赤《か》になって、もう歩《ある》いているかもわからず、急《いそ》いで行《い》きすぎようとしましたら、そのなかにカムパネルラがいたのです。カムパネルラはき

のどくそうに、だまって少《すこ》しわらって、おこらないだろうかというようにジョバンニの方《ほう》を見《み》ていました。

ジョバンニは、にげるようにその眼《め》を避《さ》け、そしてカムパネルラのせいの高《たか》いかたちが過《す》ぎて行《い》ってまもなく、みんなはてんでに口笛《くちぶえ》を吹《ふ》きました。町《まち》かどを曲《ま》がるとき、ふりかえって見《み》ましたら、ザネリがやはりふりかえって見《み》ていました。そしてカムパネルラもまた、高《たか》く口笛《くちぶえ》を吹《ふ》いて向《む》こうにぼんやり見《み》える橋《はし》の方《ほう》へ歩《ある》いて行《い》ってしまったのでした。ジョバンニは、なんとも言《い》えずさびしくなって、いきなり走《はし》りだしました。すると耳《みみ》に手《て》をあてて、わあわあと言《い》いながら片足《かたあし》でぴょんぴょん跳《と》んでいた小《ちい》さな子供《こども》らは、ジョバンニがおもしろくてかけるのだと思《おも》って、わあいと叫《さけ》びました。

まもなくジョバンニは走《はし》りだして黒《くろ》い丘《おか》の方《ほう》へ急《いそ》ぎました。

## 五　天気輪《てんきりん》の柱《はしら》

牧場《ぼくじょう》のうしろはゆるい丘《おか》になって、その黒《くろ》い平《たい》らな頂上《ちょうじょう》は、北《きた》の大熊星《おおくまぼし》の下《した》に、ぼんやりふだんよりも低《ひく》く、連《つら》なって見《み》えました。

ジョバンニは、もう露《つゆ》の降《お》りかかった小《ちい》さな林《はやし》のこみちを、どんどんのぼって行《い》きました。まっくらな草《くさ》や、いろいろな形《かたち》に見《み》えるやぶのしげみの間《あいだ》を、その小《ちい》さなみちが、一《ひと》すじ白《しろ》く星《ほし》あかりに照《て》らしだされてあったのです。草《くさ》の中《なか》には、ぴかぴか青《あお》びかりを出《だ》す小《ちい》さな虫《むし》もいて、ある葉《は》は青《あお》くすかし出《だ》され、ジョバンニは、さっきみんなの持《も》って行《い》った烏瓜《からすうり》のあかりのようだとも思《おも》いました。

そのまっ黒《くろ》な、松《まつ》や楢《なら》の林《はやし》を越《こ》えると、にわかにがらんと空《そら》がひらけて、天《あま》の川《がわ》がしらしらと南《みなみ》から北《きた》へ亙《わた》っているのが見《み》え、また頂《いただき》の、天気輪《てんきりん》の柱《はしら》も見《み》わけられたのでした。つりがねそうか野《の》ぎくかの花《はな》が、そこらいちめんに、夢《ゆめ》の中《なか》からでもかおりだしたというように咲《さ》き、鳥《とり》が一《いっ》疋《ぴき》、丘《おか》の上《うえ》を鳴《な》き続《つづ》けながら通《とお》って行《い》きました。

ジョバンニは、頂《いただき》の天気輪《てんきりん》の柱《はしら》の下《した》に来《き》て、どかどかするからだを、つめたい草《くさ》に投《な》げました。

町《まち》の灯《あかり》は、暗《やみ》の中《なか》をまるで海《うみ》の底《そこ》のお宮《みや》のけしきのようにともり、子供《こども》らの歌《うた》う声《こえ》や口笛《くちぶえ》、きれぎれの叫《さけ》び声《ごえ》もかすかに聞《き》こえて来《く》るのでした。風《かぜ》が遠《とお》くで鳴《な》り、丘《おか》の草《くさ》もしずかにそよぎ、ジョバンニの汗《あせ》でぬれたシャツもつめたく冷《ひ》やされました。

野原《のはら》から汽車《きしゃ》の音《おと》が聞《き》こえてきました。その小《ちい》さな列車《れっしゃ》の窓《まど》は一列《いちれつ》小《ちい》さく赤《あか》く見《み》え、その中《なか》にはたくさんの旅人《たびびと》が、苹果《りんご》をむいたり、わらったり、いろいろなふうにしていると考《かんが》えますと、ジョバンニは、もうなんとも言《い》えずかなしくなって、また眼《め》をそらに挙《あ》げました。

（この間《あいだ》原稿《げんこう》五枚分《ごまいぶん》なし）

ところがいくら見《み》ていても、そのそらは、ひる先生《せんせい》の言《い》ったような、がらんとした冷《つめ》たいとこだとは思《おも》われませんでした。それどころでなく、見《み》れば見《み》るほど、そこは小《ちい》さな林《はやし》や牧場《ぼくじょう》やらある野原《のはら》のように考《かんが》えられてしかたなかったのです。そしてジョバンニは青《あお》い琴《こと》の星《ほし》が、三《みっ》つにも四《よっ》つにもなって、ちらちらまたたき、脚《あし》が何《なん》べんも出《で》たり引《ひ》っ込《こ》んだりして、とうとう蕈《きのこ》のように長《なが》く延《の》びるのを見《み》ました。またすぐ眼《め》の下《した》のまちまでが、やっぱりぼんやりしたたくさんの星《ほし》の集《あつ》まりか一《ひと》つの大《おお》きなけむりかのように見《み》えるように思《おも》いました。

## 六　銀河《ぎんが》ステーション

そしてジョバンニはすぐうしろの天気輪《てんきりん》の柱《はしら》がいつかぼんやりした三角標《さんかくひょう》の形《かたち》になって、しばらく蛍《ほたる》のように、ぺかぺか消《き》えたりともったりしているのを見《み》ました。それはだんだんはっきりして、とうとうりんとうごかないようになり、濃《こ》い鋼青《はがね》のそらの野原《のはら》にたちました。いま新《あたら》しく灼《や》いたばかりの青《あお》い鋼《はがね》の板《いた》のような、そらの野原《のはら》に、まっすぐにすきっと立《た》ったのです。

するとどこかで、ふしぎな声《こえ》が、銀河《ぎんが》ステーション、銀河《ぎんが》ステーションと言《い》う声《こえ》がしたと思《おも》うと、いきなり眼《め》の前《まえ》が、ぱっと明《あか》るくなって、まるで億万《おくまん》の蛍烏賊《ほたるいか》の火《ひ》を一《いっ》ぺんに化石《かせき》させて、そらじゅうに沈《しず》めたというぐあい、またダイアモンド会社《がいしゃ》で、ねだんがやすくならないために、わざと穫《と》れないふりをして、かくしておいた金剛石《こんごうせき》を、誰《だれ》かがいきなりひっくりかえして、ばらまいたというふうに、眼《め》の前《まえ》がさあっと明《あか》るくなって、ジョバンニは、思《おも》わず何《なん》べんも眼《め》をこすってしまいました。

気《き》がついてみると、さっきから、ごとごとごとごと、ジョバンニの乗《の》っている小《ちい》さな列車《れっしゃ》が走《はし》りつづけていたのでした。ほんとうにジョバンニは、夜《よる》の軽便鉄道《けいべんてつどう》の、小《ちい》さな黄《き》いろの電燈《でんとう》のならんだ車室《しゃしつ》に、窓《まど》から外《そと》を見《み》ながらすわっていたのです。車室《しゃしつ》の中《なか》は、青《あお》い天鵞絨《ビロード》を張《は》った腰掛《こしか》けが、まるでがらあきで、向《む》こうの鼠《ねずみ》いろのワニスを塗《ぬ》った壁《かべ》には、真鍮《しんちゅう》の大《おお》きなぼたんが二《ふた》つ光《ひか》っているのでした。

すぐ前《まえ》の席《せき》に、ぬれたようにまっ黒《くろ》な上着《うわぎ》を着《き》た、せいの高《たか》い子供《こども》が、窓《まど》から頭《あたま》を出《だ》して外《そと》を見《み》ているのに気《き》がつきました。そしてそのこどもの肩《かた》のあたりが、どうも見《み》たことのあるような気《き》がして、そう思《おも》うと、もうどうしても誰《だれ》だかわかりたくて、たまらなくなりました。いきなりこっちも窓《まど》から顔《かお》を出《だ》そうとしたとき、にわかにその子供《こども》が頭《あたま》を引《ひ》っ込《こ》めて、こっちを見《み》ました。

それはカムパネルラだったのです。ジョバンニが、カムパネルラ、きみは前《まえ》からここにいたの、と言《い》おうと思《おも》ったとき、カムパネルラが、

「みんなはね、ずいぶん走《はし》ったけれども遅《おく》れてしまったよ。ザネリもね、ずいぶん走《はし》ったけれども追《お》いつかなかった」と言《い》いました。

ジョバンニは、

（そうだ、ぼくたちはいま、いっしょにさそって出《で》かけたのだ）とおもいながら、

「どこかで待《ま》っていようか」と言《い》いました。するとカムパネルラは、

「ザネリはもう帰《かえ》ったよ。お父《とう》さんが迎《むか》いにきたんだ」

カムパネルラは、なぜかそう言《い》いながら、少《すこ》し顔《かお》いろが青《あお》ざめて、どこか苦《くる》しいというふうでした。するとジョバンニも、なんだかどこかに、何《なに》か忘《わす》れたものがあるというような、おかしな気持《きも》ちがしてだまってしまいました。

ところがカムパネルラは、窓《まど》から外《そと》をのぞきながら、もうすっかり元気《げんき》が直《なお》って、勢《いきお》いよく言《い》いました。

「ああしまった。ぼく、水筒《すいとう》を忘《わす》れてきた。スケッチ帳《ちょう》も忘《わす》れてきた。けれどかまわない。もうじき白鳥《はくちょう》の停車場《ていしゃば》だから。ぼく、白鳥《はくちょう》を見《み》るなら、ほんとうにすきだ。川《かわ》の遠《とお》くを飛《と》んでいたって、ぼくはきっと見《み》える」

そして、カムパネルラは、まるい板《いた》のようになった地図《ちず》を、しきりにぐるぐるまわして見《み》ていました。まったく、その中《なか》に、白《しろ》くあらわされた天《あま》の川《がわ》の左《ひだり》の岸《きし》に沿《そ》って一条《いちじょう》の鉄道線路《てつどうせんろ》が、南《みなみ》へ南《みなみ》へとたどって行《い》くのでした。そしてその地図《ちず》の立派《りっぱ》なことは、夜《よる》のようにまっ黒《くろ》な盤《ばん》の上《うえ》に、一々《いちいち》の停車場《ていしゃば》や三角標《さんかくひょう》、泉水《せんすい》や森《もり》が、青《あお》や橙《だいだい》や緑《みどり》や、うつくしい光《ひかり》でちりばめられてありました。

ジョバンニはなんだかその地図《ちず》をどこかで見《み》たようにおもいました。

「この地図《ちず》はどこで買《か》ったの。黒曜石《こくようせき》でできてるねえ」

ジョバンニが言《い》いました。

「銀河《ぎんが》ステーションで、もらったんだ。君《きみ》もらわなかったの」

「ああ、ぼく銀河《ぎんが》ステーションを通《とお》ったろうか。いまぼくたちのいるとこ、ここだろう」

ジョバンニは、白鳥《はくちょう》と書《か》いてある停車場《ていしゃば》のしるしの、すぐ北《きた》を指《さ》しました。

「そうだ。おや、あの河原《かわら》は月夜《つきよ》だろうか」そっちを見《み》ますと、青白《あおじろ》く光《ひか》る銀河《ぎんが》の岸《きし》に、銀《ぎん》いろの空《そら》のすすきが、もうまるでいちめん、風《かぜ》にさらさらさらさら、ゆられてうごいて、波《なみ》を立《た》てているのでした。

「月夜《つきよ》でないよ。銀河《ぎんが》だから光《ひか》るんだよ」ジョバンニは言《い》いながら、まるではね上《あ》がりたいくらい愉快《ゆかい》になって、足《あし》をこつこつ鳴《な》らし、窓《まど》から顔《かお》を出《だ》して、高《たか》く高《たか》く星《ほし》めぐりの口笛《くちぶえ》を吹《ふ》きながら一生《いっしょう》けん命《めい》延《の》びあがって、その天《あま》の川《がわ》の水《みず》を、見《み》きわめようとしましたが、はじめはどうしてもそれが、はっきりしませんでした。けれどもだんだん気《き》をつけて見《み》ると、そのきれいな水《みず》は、ガラスよりも水素《すいそ》よりもすきとおって、ときどき眼《め》のかげんか、ちらちら紫《むらさき》いろのこまかな波《なみ》をたてたり、虹《にじ》のようにぎらっと光《ひか》ったりしながら、声《こえ》もなくどんどん流《なが》れて行《い》き、野原《のはら》にはあっちにもこっちにも、燐光《りんこう》の三角標《さんかくひょう》が、うつくしく立《た》っていたのです。遠《とお》いものは小《ちい》さく、近《ちか》いものは大《おお》きく、遠《とお》いものは橙《だいだい》や黄《き》いろではっきりし、近《ちか》いものは青白《あおじろ》く少《すこ》しかすんで、あるいは三角形《さんかくけい》、あるいは四辺形《しへんけい》、あるいは電《いなずま》や鎖《くさり》の形《かたち》、さまざまにならんで、野原《のはら》いっぱいに光《ひか》っているのでした。ジョバンニは、まるでどきどきして、頭《あたま》をやけに振《ふ》りました。するとほんとうに、そのきれいな野原《のはら》じゅうの青《あお》や橙《だいだい》や、いろいろかがやく三角標《さんかくひょう》も、てんでに息《いき》をつくように、ちらちらゆれたり顫《ふる》えたりしました。

「ぼくはもう、すっかり天《てん》の野原《のはら》に来《き》た」ジョバンニは言《い》いました。

「それに、この汽車石炭《きしゃせきたん》をたいていないねえ」ジョバンニが左手《ひだりて》をつき出《だ》して窓《まど》から前《まえ》の方《ほう》を見《み》ながら言《い》いました。

「アルコールか電気《でんき》だろう」カムパネルラが言《い》いました。

するとちょうど、それに返事《へんじ》するように、どこか遠《とお》くの遠《とお》くのもやのもやの中《なか》から、セロのようなごうごうした声《こえ》がきこえて来《き》ました。

「ここの汽車《きしゃ》は、スティームや電気《でんき》でうごいていない。ただうごくようにきまっているからうごいているのだ。ごとごと音《おと》をたてていると、そうおまえたちは思《おも》っているけれども、それはいままで音《おと》をたてる汽車《きしゃ》にばかりなれているためなのだ」

「あの声《こえ》、ぼくなんべんもどこかできいた」

「ぼくだって、林《はやし》の中《なか》や川《かわ》で、何《なん》べんも聞《き》いた」

ごとごとごとごと、その小《ちい》さなきれいな汽車《きしゃ》は、そらのすすきの風《かぜ》にひるがえる中《なか》を、天《あま》の川《がわ》の水《みず》や、三角点《さんかくてん》の青《あお》じろい微光《びこう》の中《なか》を、どこまでもどこまでもと、走《はし》って行《い》くのでした。

「ああ、りんどうの花《はな》が咲《さ》いている。もうすっかり秋《あき》だねえ」カムパネルラが、窓《まど》の外《そと》を指《ゆび》さして言《い》いました。

線路《せんろ》のへりになったみじかい芝草《しばくさ》の中《なか》に、月長石《げっちょうせき》ででも刻《きざ》まれたような、すばらしい紫《むらさき》のりんどうの花《はな》が咲《さ》いていました。

「ぼく飛《と》びおりて、あいつをとって、また飛《と》び乗《の》ってみせようか」ジョバンニは胸《むね》をおどらせて言《い》いました。

「もうだめだ。あんなにうしろへ行ってしまったから」

カムパネルラが、そう言《い》ってしまうかしまわないうち、次《つぎ》のりんどうの花《はな》が、いっぱいに光《ひか》って過《す》ぎて行《い》きました。

と思《おも》ったら、もう次《つぎ》から次《つぎ》から、たくさんのきいろな底《そこ》をもったりんどうの花《はな》のコップが、湧《わ》くように、雨《あめ》のように、眼《め》の前《まえ》を通《とお》り、三角標《さんかくひょう》の列《れつ》は、けむるように燃《も》えるように、いよいよ光《ひか》って立《た》ったのです。

## 七　北十字《きたじゅうじ》とプリオシン海岸《かいがん》

「おっかさんは、ぼくをゆるしてくださるだろうか」

いきなり、カムパネルラが、思《おも》い切《き》ったというように、少《すこ》しどもりながら、せきこんで言《い》いました。

ジョバンニは、

（ああ、そうだ、ぼくのおっかさんは、あの遠《とお》い一《ひと》つのちりのように見《み》える橙《だいだい》いろの三角標《さんかくひょう》のあたりにいらっしゃって、いまぼくのことを考《かんが》えているんだった）と思《おも》いながら、ぼんやりしてだまっていました。

「ぼくはおっかさんが、ほんとうに幸《さいわい》になるなら、どんなことでもする。けれども、いったいどんなことが、おっかさんのいちばんの幸《さいわい》なんだろう」カムパネルラは、なんだか、泣《な》きだしたいのを、一生《いっしょう》けん命《めい》こらえているようでした。

「きみのおっかさんは、なんにもひどいことないじゃないの」ジョバンニはびっくりして叫《さけ》びました。

「ぼくわからない。けれども、誰《だれ》だって、ほんとうにいいことをしたら、いちばん幸《さいわい》なんだねえ。だから、おっかさんは、ぼくをゆるしてくださると思《おも》う」カムパネルラは、なにかほんとうに決心《けっしん》しているように見《み》えました。

にわかに、車《くるま》のなかが、ぱっと白《しろ》く明《あか》るくなりました。見《み》ると、もうじつに、金剛石《こんごうせき》や草《くさ》の露《つゆ》やあらゆる立派《りっぱ》さをあつめたような、きらびやかな銀河《ぎんが》の河床《かわどこ》の上《うえ》を、水《みず》は声《こえ》もなくかたちもなく流《なが》れ、その流《なが》れのまん中《なか》に、ぼうっと青白《あおじろ》く後光《ごこう》の射《さ》した一《ひと》つの島《しま》が見《み》えるのでした。その島《しま》の平《たい》らないただきに、立派《りっぱ》な眼《め》もさめるような、白《しろ》い十字架《じゅうじか》がたって、それはもう、凍《こお》った北極《ほっきょく》の雲《くも》で鋳《い》たといったらいいか、すきっとした金《きん》いろの円光《えんこう》をいただいて、しずかに永久《えいきゅう》に立《た》っているのでした。

「ハレルヤ、ハレルヤ」前《まえ》からもうしろからも声《こえ》が起《お》こりました。ふりかえって見《み》ると、車室《しゃしつ》の中《なか》の旅人《たびびと》たちは、みなまっすぐにきもののひだを垂《た》れ、黒《くろ》いバイブルを胸《むね》にあてたり、水晶《すいしょう》の数珠《じゅず》をかけたり、どの人《ひと》もつつましく指《ゆび》を組《く》み合《あ》わせて、そっちに祈《いの》っているのでした。思《おも》わず二人《ふたり》ともまっすぐに立《た》ちあがりました。カムパネルラの頬《ほお》は、まるで熟《じゅく》した苹果《りんご》のあかしのようにうつくしくかがやいて見《み》えました。

そして島《しま》と十字架《じゅうじか》とは、だんだんうしろの方《ほう》へうつって行《い》きました。

向《む》こう岸《ぎし》も、青《あお》じろくぼうっと光《ひか》ってけむり、時々《ときどき》、やっぱりすすきが風《かぜ》にひるがえるらしく、さっとその銀《ぎん》いろがけむって、息《いき》でもかけたように見《み》え、また、たくさんのりんどうの花《はな》が、草《くさ》をかくれたり出《で》たりするのは、やさしい狐火《きつねび》のように思《おも》われれました。

それもほんのちょっとの間《あいだ》、川《かわ》と汽車《きしゃ》との間《あいだ》は、すすきの列《れつ》でさえぎられ、白鳥《はくちょう》の島《しま》は、二度《にど》ばかり、うしろの方《ほう》に見《み》えましたが、じきもうずうっと遠《とお》く小《ちい》さく、絵《え》のようになってしまい、またすすきがざわざわ鳴《な》って、とうとうすっかり見《み》えなくなってしまいました。ジョバンニのうしろには、いつから乗《の》っていたのか、せいの高《たか》い、黒《くろ》いかつぎをしたカトリックふうの尼《あま》さんが、まんまるな緑《みどり》の瞳《ひとみ》を、じっとまっすぐに落《お》として、まだ何《なに》かことばか声《こえ》かが、そっちから伝《つた》わって来《く》るのを、虔《つつし》んで聞《き》いているというように見《み》えました。旅人《たびびと》たちはしずかに席《せき》に戻《もど》り、二人《ふたり》も胸《むね》いっぱいのかなしみに似《に》た新《あたら》しい気持《きも》ちを、何気《なにげ》なくちがった語《ことば》で、そっと談《はな》し合《あ》ったのです。

「もうじき白鳥《はくちょう》の停車場《ていしゃば》だねえ」

「ああ、十一時《じゅういちじ》かっきりには着《つ》くんだよ」

早《はや》くも、シグナルの緑《みどり》の燈《あかり》と、ぼんやり白《しろ》い柱《はしら》とが、ちらっと窓《まど》のそとを過《す》ぎ、それから硫黄《いおう》のほのおのようなくらいぼんやりした転《てん》てつ機《き》の前《まえ》のあかりが窓《まど》の下《した》を通《とお》り、汽車《きしゃ》はだんだんゆるやかになって、まもなくプラットホームの一列《いちれつ》の電燈《でんとう》が、うつくしく規則正《きそくただ》しくあらわれ、それがだんだん大《おお》きくなってひろがって、二人《ふたり》はちょうど白鳥《はくちょう》停車場《ていしゃじょう》の、大《おお》きな時計《とけい》の前《まえ》に来《き》てとまりました。

さわやかな秋《あき》の時計《とけい》の盤面《ばんめん》には、青《あお》く灼《や》かれたはがねの二本《にほん》の針《はり》が、くっきり十一時《じゅういちじ》を指《さ》しました。みんなは、一《いっ》ぺんにおりて、車室《しゃしつ》の中《なか》はがらんとなってしまいました。

〔二十分停車《にじゅっぷんていしゃ》〕と時計《とけい》の下《した》に書《か》いてありました。

「ぼくたちも降《お》りて見《み》ようか」ジョバンニが言《い》いました。

「降《お》りよう」二人《ふたり》は一度《いちど》にはねあがってドアを飛《と》び出《だ》して改札口《かいさつぐち》へかけて行《い》きました。ところが改札口《かいさつぐち》には、明《あか》るい紫《むらさき》がかった電燈《でんとう》が、一《ひと》つ点《つ》いているばかり、誰《だれ》もいませんでした。そこらじゅうを見《み》ても、駅長《えきちょう》や赤帽《あかぼう》らしい人《ひと》の、影《かげ》もなかったのです。

二人《ふたり》は、停車場《ていしゃば》の前《まえ》の、水晶細工《すいしょうざいく》のように見《み》える銀杏《いちょう》の木《き》に囲《かこ》まれた、小《ちい》さな広場《ひろば》に出《で》ました。そこから幅《はば》の広《ひろ》いみちが、まっすぐに銀河《ぎんが》の青光《あおびかり》の中《なか》へ通《とお》っていました。

さきに降《お》りた人《ひと》たちは、もうどこへ行《い》ったか一人《ひとり》も見《み》えませんでした。二人《ふたり》がその白《しろ》い道《みち》を、肩《かた》をならべて行《い》きますと、二人《ふたり》の影《かげ》は、ちょうど四方《しほう》に窓《まど》のある室《へや》の中《なか》の、二本《にほん》の柱《はしら》の影《かげ》のように、また二《ふた》つの車輪《しゃりん》の輻《や》のように幾本《いくほん》も幾本《いくほん》も四方《しほう》へ出《で》るのでした。そしてまもなく、あの汽車《きしゃ》から見《み》えたきれいな河原《かわら》に来《き》ました。

カムパネルラは、そのきれいな砂《すな》を一《ひと》つまみ、掌《てのひら》にひろげ、指《ゆび》できしきしさせながら、夢《ゆめ》のように言《い》っているのでした。

「この砂《すな》はみんな水晶《すいしょう》だ。中《なか》で小《ちい》さな火《ひ》が燃《も》えている」

「そうだ」どこでぼくは、そんなことを習《なら》ったろうと思《おも》いながら、ジョバンニもぼんやり答《こた》えていました。

河原《かわら》の礫《こいし》は、みんなすきとおって、たしかに水晶《すいしょう》や黄玉《トパーズ》や、またくしゃくしゃの皺曲《しゅうきょく》をあらわしたのや、また稜《かど》から霧《きり》のような青白《あおじろ》い光《ひかり》を出《だ》す鋼玉《コランダム》やらでした。ジョバンニは、走《はし》ってその渚《なぎさ》に行《い》って、水《みず》に手《て》をひたしました。けれどもあやしいその銀河《ぎんが》の水《みず》は、水素《すいそ》よりももっとすきとおっていたのです。それでもたしかに流《なが》れていたことは、二人《ふたり》の手首《てくび》の、水《みず》にひたったとこが、少《すこ》し水銀《すいぎん》いろに浮《う》いたように見《み》え、その手首《てくび》にぶっつかってできた波《なみ》は、うつくしい燐光《りんこう》をあげて、ちらちらと燃《も》えるように見《み》えたのでもわかりました。

川上《かわかみ》の方《ほう》を見《み》ると、すすきのいっぱいにはえている崖《がけ》の下《した》に、白《しろ》い岩《いわ》が、まるで運動場《うんどうじょう》のように平《たい》らに川《かわ》に沿《そ》って出《で》ているのでした。そこに小《ちい》さな五《ご》、六人《ろくにん》の人《ひと》かげが、何《なに》か掘《ほ》り出《だ》すか埋《う》めるかしているらしく、立《た》ったりかがんだり、時々《ときどき》なにかの道具《どうぐ》が、ピカッと光《ひか》ったりしました。

「行《い》ってみよう」二人《ふたり》は、まるで一度《いちど》に叫《さけ》んで、そっちの方《ほう》へ走《はし》りました。その白《しろ》い岩《いわ》になったところの入口《いりぐち》に、

〔プリオシン海岸《かいがん》〕という、瀬戸物《せともの》のつるつるした標札《ひょうさつ》が立《た》って、向《む》こうの渚《なぎさ》には、ところどころ、細《ほそ》い鉄《てつ》の欄干《らんかん》も植《う》えられ、木製《もくせい》のきれいなベンチも置《お》いてありました。

「おや、変《へん》なものがあるよ」カムパネルラが、不思議《ふしぎ》そうに立《た》ちどまって、岩《いわ》から黒《くろ》い細長《ほそなが》いさきのとがったくるみの実《み》のようなものをひろいました。

「くるみの実《み》だよ。そら、たくさんある。流《なが》れて来《き》たんじゃない。岩《いわ》の中《なか》にはいってるんだ」

「大《おお》きいね、このくるみ、倍《ばい》あるね。こいつはすこしもいたんでない」

「早《はや》くあすこへ行《い》って見《み》よう。きっと何《なに》か掘《ほ》ってるから」

二人《ふたり》は、ぎざぎざの黒《くろ》いくるみの実《み》を持《も》ちながら、またさっきの方《ほう》へ近《ちか》よって行《い》きました。左手《ひだりて》の渚《なぎさ》には、波《なみ》がやさしい稲妻《いなずま》のように燃《も》えて寄《よ》せ、右手《みぎて》の崖《がけ》には、いちめん銀《ぎん》や貝殻《かいがら》でこさえたようなすすきの穂《ほ》がゆれたのです。

だんだん近《ちか》づいて見《み》ると、一人《ひとり》のせいの高《たか》い、ひどい近眼鏡《きんがんきょう》をかけ、長靴《ながぐつ》をはいた学者《がくしゃ》らしい人《ひと》が、手帳《てちょう》に何《なに》かせわしそうに書《か》きつけながら、つるはしをふりあげたり、スコップをつかったりしている、三人《さんにん》の助手《じょしゅ》らしい人《ひと》たちに夢中《むちゅう》でいろいろ指図《さしず》をしていました。

「そこのその突起《とっき》をこわさないように、スコップを使《つか》いたまえ、スコップを。おっと、も少《すこ》し遠《とお》くから掘《ほ》って。いけない、いけない、なぜそんな乱暴《らんぼう》をするんだ」

見《み》ると、その白《しろ》い柔《やわ》らかな岩《いわ》の中《なか》から、大《おお》きな大《おお》きな青《あお》じろい獣《けもの》の骨《ほね》が、横《よこ》に倒《たお》れてつぶれたというふうになって、半分以上《はんぶんいじょう》掘《ほ》り出《だ》されていました。そして気《き》をつけて見《み》ると、そこらには、蹄《ひづめ》の二《ふた》つある足跡《あしあと》のついた岩《いわ》が、四角《しかく》に十《じゅう》ばかり、きれいに切《き》り取《と》られて番号《ばんごう》がつけられてありました。

「君《きみ》たちは参観《さんかん》かね」その大学士《だいがくし》らしい人《ひと》が、眼鏡《めがね》をきらっとさせて、こっちを見《み》て話《はな》しかけました。

「くるみがたくさんあったろう。それはまあ、ざっと百二十万年《ひゃくにじゅうまんねん》ぐらい前《まえ》のくるみだよ。ごく新《あたら》しい方《ほう》さ。ここは百二十万年前《ひゃくにじゅうまんねんまえ》、第三紀《だいさんき》のあとのころは海岸《かいがん》でね、この下《した》からは貝《かい》がらも出《で》る。いま川《かわ》の流《なが》れているとこに、そっくり塩水《しおみず》が寄《よ》せたり引《ひ》いたりもしていたのだ。このけものかね、これはボスといってね、おいおい、そこ、つるはしはよしたまえ。ていねいに鑿《のみ》でやってくれたまえ。ボスといってね、いまの牛《うし》の先祖《せんぞ》で、昔《むかし》はたくさんいたのさ」

「標本《ひょうほん》にするんですか」

「いや、証明《しょうめい》するに要《い》るんだ。ぼくらからみると、ここは厚《あつ》い立派《りっぱ》な地層《ちそう》で、百二十万年《ひゃくにじゅうまんねん》ぐらい前《まえ》にできたという証拠《しょうこ》もいろいろあがるけれども、ぼくらとちがったやつからみてもやっぱりこんな地層《ちそう》に見《み》えるかどうか、あるいは風《かぜ》か水《みず》や、がらんとした空《そら》かに見《み》えやしないかということなのだ。わかったかい。けれども、おいおい、そこもスコップではいけない。そのすぐ下《した》に肋骨《ろっこつ》が埋《う》もれてるはずじゃないか」

大学士《だいがくし》はあわてて走《はし》って行《い》きました。

「もう時間《じかん》だよ。行《い》こう」カムパネルラが地図《ちず》と腕時計《うでどけい》とをくらべながら言《い》いました。

「ああ、ではわたくしどもは失礼《しつれい》いたします」ジョバンニは、ていねいに大学士《だいがくし》におじぎしました。

「そうですか。いや、さよなら」大学士《だいがくし》は、また忙《いそが》しそうに、あちこち歩《ある》きまわって監督《かんとく》をはじめました。

二人《ふたり》は、その白《しろ》い岩《いわ》の上《うえ》を、一生《いっしょう》けん命汽車《めいきしゃ》におくれないように走《はし》りました。そしてほんとうに、風《かぜ》のように走《はし》れたのです。息《いき》も切《き》れず膝《ひざ》もあつくなりませんでした。

こんなにしてかけるなら、もう世界《せかい》じゅうだってかけれると、ジョバンニは思《おも》いました。

そして二人《ふたり》は、前《まえ》のあの河原《かわら》を通《とお》り、改札口《かいさつぐち》の電燈《でんとう》がだんだん大《おお》きくなって、まもなく二人《ふたり》は、もとの車室《しゃしつ》の席《せき》にすわっていま行《い》って来《き》た方《ほう》を、窓《まど》から見《み》ていました。

# 八　鳥《とり》を捕《と》る人《ひと》

「ここへかけてもようございますか」

がさがさした、けれども親切《しんせつ》そうな、大人《おとな》の声《こえ》が、二人《ふたり》のうしろで聞《き》こえました。

それは、茶《ちゃ》いろの少《すこ》しぼろぼろの外套《がいとう》を着《き》て、白《しろ》い巾《きれ》でつつんだ荷物《にもつ》を、二《ふた》つに分《わ》けて肩《かた》に掛《か》けた、赤髯《あかひげ》のせなかのかがんだ人《ひと》でした。

「ええ、いいんです」ジョバンニは、少《すこ》し肩《かた》をすぼめてあいさつしました。その人《ひと》は、ひげの中《なか》でかすかに微笑《わら》いながら荷物《にもつ》をゆっくり網棚《あみだな》にのせました。ジョバンニは、なにかたいへんさびしいようなかなしいような気《き》がして、だまって正面《しょうめん》の時計《とけい》を見《み》ていましたら、ずうっと前《まえ》の方《ほう》で、硝子《ガラス》の笛《ふえ》のようなものが鳴《な》りました。汽車《きしゃ》はもう、しずかにうごいていたのです。カムパネルラは、車室《しゃしつ》の天井《てんじょう》を、あちこち見《み》ていました。その一《ひと》つのあかりに黒《くろ》い甲虫《かぶとむし》がとまって、その影《かげ》が大《おお》きく天井《てんじょう》にうつっていたのです。赤《あか》ひげの人《ひと》は、なにかなつかしそうにわらいながら、ジョバンニやカムパネルラのようすを見《み》ていました。汽車《きしゃ》はもうだんだん早《はや》くなって、すすきと川《かわ》と、かわるがわる窓《まど》の外《そと》から光《ひか》りました。

赤《あか》ひげの人《ひと》が、少《すこ》しおずおずしながら、二人《ふたり》に訊《き》きました。

「あなた方《がた》は、どちらへいらっしゃるんですか」

「どこまでも行《い》くんです」ジョバンニは、少しきまり悪《わる》そうに答《こた》えました。

「それはいいね。この汽車《きしゃ》は、じっさい、どこまででも行《い》きますぜ」

「あなたはどこへ行《い》くんです」カムパネルラが、いきなり、喧嘩《けんか》のようにたずねましたので、ジョバンニは思《おも》わずわらいました。すると、向《む》こうの席《せき》にいた、とがった帽子《ぼうし》をかぶり、大《おお》きな鍵《かぎ》を腰《こし》に下《さ》げた人《ひと》も、ちらっとこっちを見《み》てわらいましたので、カムパネルラも、つい顔《かお》を赤《あか》くして笑《わら》いだしてしまいました。ところがその人《ひと》は別《べつ》におこったでもなく、頬《ほお》をぴくぴくしながら返事《へんじ》をしました。

「わっしはすぐそこで降《お》ります。わっしは、鳥《とり》をつかまえる商売《しょうばい》でね」

「何鳥《なにどり》ですか」

「鶴《つる》や雁《がん》です。さぎも白鳥《はくちょう》もです」

「鶴《つる》はたくさんいますすか」

「いますとも、さっきから鳴《な》いてまさあ。聞《き》かなかったのですか」

「いいえ」

「いまでも聞《き》こえるじゃありませんか。そら、耳《みみ》をすまして聴《き》いてごらんなさい」

二人《ふたり》は眼《め》を挙《あ》げ、耳《みみ》をすましました。ごとごと鳴《な》る汽車《きしゃ》のひびきと、すすきの風《かぜ》との間《あいだ》から、ころんころんと水《みず》の湧《わ》くような音《おと》が聞《き》こえて来《く》るのでした。

「鶴《つる》、どうしてとるんですか」

「鶴《つる》ですか、それとも鷺《さぎ》ですか」

「鷺《さぎ》です」ジョバンニは、どっちでもいいと思《おも》いながら答《こた》えました。

「そいつはな、雑作《ぞうさ》ない。さぎというものは、みんな天《あま》の川《がわ》の砂《すな》が凝《かたま》って、ぼおっとできるもんですからね、そして始終川《しじゅうかわ》へ帰《かえ》りますからね、川原《かわら》で待《ま》っていて、鷺《さぎ》がみんな、脚《あし》をこういうふうにしておりてくるところを、そいつが地《ぢ》べたへつくかつかないうちに、ぴたっと押《おさ》えちまうんです。するともう鷺《さぎ》は、かたまって安心《あんしん》して死《し》んじまいます。あとはもう、わかり切《き》ってまさあ。押《お》し葉《ば》にするだけです」

「鷺《さぎ》を押《お》し葉《ば》にするんですか。標本《ひょうほん》ですか」

「標本《ひょうほん》じゃありません。みんなたべるじゃありませんか」

「おかしいねえ」カムパネルラが首《くび》をかしげました。

「おかしいも不審《ふしん》もありませんや。そら」その男《おとこ》は立《た》って、網棚《あみだな》から包《つつ》みをおろして、手《て》ばやくくるくると解《と》きました。

「さあ、ごらんなさい。いまとって来《き》たばかりです」

「ほんとうに鷺《さぎ》だねえ」二人《ふたり》は思《おも》わず叫《さけ》びました。まっ白《しろ》な、あのさっきの北《きた》の十字架《じゅうじか》のように光《ひか》る鷺《さぎ》のからだが、十《じゅう》ばかり、少《すこ》しひらべったくなって、黒《くろ》い脚《あし》をちぢめて、浮彫《うきぼ》りのようにならんでいたのです。

「眼《め》をつぶってるね」カムパネルラは、指《ゆび》でそっと、鷺《さぎ》の三日月《みかづき》がたの白《しろ》いつぶった眼《め》にさわりました。頭《あたま》の上《うえ》の槍《やり》のような白《しろ》い毛《け》もちゃんとついていました。

「ね、そうでしょう」鳥捕《とりと》りは風呂敷《ふろしき》を重《かさ》ねて、またくるくると包《つつ》んで紐《ひも》でくくりました。誰《だれ》がいったいここらで鷺《さぎ》なんぞたべるだろうとジョバンニは思《おも》いながら訊《き》きました。

「鷺《さぎ》はおいしいんですか」

「ええ、毎日注文《まいにちちゅうもん》があります。しかし雁《がん》の方《ほう》が、もっと売《う》れます。雁《がん》の方《ほう》がずっと柄《がら》がいいし、第一手数《だいいちてすう》がありませんからな。そら」鳥捕《とりと》りは、また別《べつ》の方《ほう》の包《つつ》みを解《と》きました。するとき黄《き》と青《あお》じろとまだらになって、なにかのあかりのようにひかる雁《がん》が、ちょうどさっきの鷺《さぎ》のように、くちばしをそろえて、少《すこ》しひらべったくなって、ならんでいました。

「こっちはすぐたべられます。どうです、少《すこ》しおあがりなさい」鳥捕《とりと》りは、黄《き》いろの雁《がん》の足《あし》を、軽《かる》くひっぱりました。するとそれは、チョコレートででもできているように、すっときれいにはなれました。

「どうです。すこしたべてごらんなさい」鳥捕《とりと》りは、それを二《ふた》つにちぎってわたしました。ジョバンニは、ちょっとたべてみて、

（なんだ、やっぱりこいつはお菓子《かし》だ。チョコレートよりも、もっとおいしいけれども、こんな雁《がん》が飛《と》んでいるもんか。この男《おとこ》は、どこかそこらの野原《のはら》の菓子屋《かしや》だ。けれどもぼくは、このひとをばかにしながら、この人《ひと》のお菓子《かし》をたべているのは、たいへんきのどくだ）とおもいながら、やっぱりぽくぽくそれをたべていました。

「も少《すこ》しおあがりなさい」鳥捕《とりと》りがまた包《つつ》みを出《だ》しまし

た。ジョバンニは、もっとたべたかったのですけれども、「ええ、ありがとう」といって遠慮《えんりょ》しましたら、鳥捕《とりと》りは、こんどは向《む》こうの席《せき》の、鍵《かぎ》をもった人《ひと》に出《だ》しました。

「いや、商売《しょうばい》ものをもらっちゃすみませんな」その人《ひと》は、帽子《ぼうし》をとりました。

「いいえ、どういたしまして。どうです、今年《ことし》の渡《わた》り鳥《どり》の景気《けいき》は」

「いや、すてきなもんですよ。一昨日《おととい》の第二限《だいにげん》ころなんか、なぜ燈台《とうだい》の灯《ひ》を、規則以外《きそくいがい》に暗《くら》くさせるかって、あっちからもこっちからも、電話《でんわ》で故障《こしょう》が来《き》ましたが、なあに、こっちがやるんじゃなくて、渡《わた》り鳥《どり》どもが、まっ黒《くろ》にかたまって、あかしの前《まえ》を通《とお》るのですからしかたありませんや、わたしぁ、べらぼうめ、そんな苦情《くじょう》は、おれのとこへ持《も》って来《き》たってしかたがねえや、ばさばさのマントを着《き》て脚《あし》と口《くち》との途方《とほう》もなく細《ほそ》い大将《たいしょう》へやれって、こう言《い》ってやりましたがね、はっは」

すすきがなくなったために、向《む》こうの野原《のはら》から、ぱっとあかりが射《さ》して来《き》ました。

「鷺《さぎ》の方《ほう》はなぜ手数《てすう》なんですか」カムパネルラは、さっきから、訊《き》こうと思《おも》っていたのです。

「それはね、鷺《さぎ》をたべるには」鳥捕《とりと》りは、こっちに向《む》き直《なお》りました。「天《あま》の川《がわ》の水《みず》あかりに、十日《とおか》もつるしておくかね、そうでなけぁ、砂《すな》に三《さん》、四日《よっか》うずめなけぁいけないんだ。そうすると、水銀《すいぎん》がみんな蒸発《じょうはつ》して、たべられるようになるよ」

「こいつは鳥《とり》じゃない。ただのお菓子《かし》でしょう」やっぱりおなじことを考《かんが》えていたとみえて、カムパネルラが、思《おも》い切《き》ったというように、尋《たず》ねました。鳥捕《とりと》りは、何《なに》かたいへんあわてたふうで、

「そうそう、ここで降《お》りなけぁ」と言《い》いながら、立《た》って荷物《にもつ》をとったと思《おも》うと、もう見《み》えなくなっていました。

「どこへ行《い》ったんだろう」二人《ふたり》は顔《かお》を見合《みあ》わせましたら、燈台守《とうだいもり》は、にやにや笑《わら》って、少《すこ》し伸《の》びあがるようにしなが

ら、二人《ふたり》の横《よこ》の窓《まど》の外《そと》をのぞきました。二人《ふたり》もそっちを見《み》ましたら、たったいまの鳥捕《とりと》りが、黄《き》いろと青《あお》じろの、うつくしい燐光《りんこう》を出《だ》す、いちめんのかわらははこぐさの上《うえ》に立《た》って、まじめな顔《かお》をして両手《りょうて》をひろげて、じっとそらを見《み》ていたのです。

「あすこへ行《い》ってる。ずいぶん奇体《きたい》だねえ。きっとまた鳥《とり》をつかまえるとこだねえ。汽車《きしゃ》が走《はし》って行《い》かないうちに、早《はや》く鳥《とり》がおりるといいな」と言《い》ったとたん、がらんとした桔梗《ききょう》いろの空《そら》から、さっき見《み》たような鷺《さぎ》が、まるで雪《ゆき》の降《ふ》るように、ぎゃあぎゃあ叫《さけ》びながら、いっぱいに舞《ま》いおりて来《き》ました。するとあの鳥捕《とりと》りは、すっかり注文通《ちゅうもんどお》りだというようにほくほくして、両足《りょうあし》をかっきり六十度《ろくじゅうど》に開《ひら》いて立《た》って、鷺《さぎ》のちぢめて降《お》りて来《く》る黒《くろ》い脚《あし》を両手《りょうて》で片《かた》っぱしから押《お》さえて、布《ぬの》の袋《ふくろ》の中《なか》に入《い》れるのでした。すると鷺《さぎ》は、蛍《ほたる》のように、袋《ふくろ》の中《なか》でしばらく、青《あお》くぺかぺか光《ひか》ったり消《き》えたりしていましたが、おしまいとうとう、みんなぼんやり白《しろ》くなって、眼《め》をつぶるのでした。ところが、つかまえられる鳥《とり》よりは、つかまえられないで無事《ぶじ》に天《あま》の川《がわ》の砂《すな》の上《うえ》に降《お》りるものの方《ほう》が多《おお》かったのです。それは見《み》ていると、足《あし》が砂《すな》へつくや否《いな》や、まるで雪《ゆき》の解《と》けるように、縮《ちぢ》まってひらべったくなって、まもなく溶鉱炉《ようこうろ》から出《で》た銅《どう》の汁《しる》のように、砂《すな》や砂利《じゃり》の上《うえ》にひろがり、しばらくは鳥《とり》の形《かたち》が、砂《すな》についているのでしたが、それも二《に》、三度《さんど》明《あか》るくなったり暗《くら》くなったりしているうちに、もうすっかりまわりと同《おな》じいろになってしまうのでした。

鳥捕《とりと》りは、二十疋《にじゅっぴき》ばかり、袋《ふくろ》に入《い》れてしまうと、急《きゅう》に両《りょう》手《て》をあげて、兵隊《へいたい》が鉄砲弾《てっぽうだま》にあたって、死《し》ぬときのような形《かたち》をしました。と思《おも》ったら、もうそこに鳥捕《とりと》りの形《かたち》はなくなって、かえって、

「ああせいせいした。どうもからだにちょうど合《あ》うほど稼《かせ》いでいるくらい、いいことはありませんな」というききおぼえのある声《こえ》が、ジョバンニの隣《とな》りにしました。見《み》ると鳥捕《とりと》りは、もうそこでとって来《き》た鷺《さぎ》を、きちんとそろえて、

一《ひと》つずつ重《かさ》ね直《なお》しているのでした。

「どうして、あすこから、いっぺんにここへ来《き》たんですか」ジョバンニが、なんだかあたりまえのような、あたりまえでないような、おかしな気《き》がして問《と》いました。

「どうしてって、来《こ》ようとしたから来《き》たんです。ぜんたいあなた方《がた》は、どちらからおいでですか」

ジョバンニは、すぐ返事《へんじ》をしようと思《おも》いましたけれども、さあ、ぜんたいどこから来《き》たのか、もうどうしても考《かんが》えつきませんでした。カムパネルラも、顔《かお》をまっ赤《か》にして何《なに》か思《おも》い出《だ》そうとしているのでした。

「ああ、遠《とお》くからですね」鳥捕《とりと》りは、わかったというように雑作《ぞうさ》なくうなずきました。

## 九　ジョバンニの切符《きっぷ》

「もうここらは白鳥区《はくちょうく》のおしまいです。ごらんなさい。あれが名高《なだか》いアルビレオの観測所《かんそくじょ》です」

窓《まど》の外《そと》の、まるで花火《はなび》でいっぱいのような、あまの川《がわ》のまん中《なか》に、黒《くろ》い大《おお》きな建物《たてもの》が四棟《よんむね》ばかり立《た》って、その一《ひと》つの平屋根《ひらやね》の上《うえ》に、眼《め》もさめるような、青宝玉《サファイア》と黄玉《トパーズ》の大《おお》きな二《ふた》つのすきとおった球《たま》が、輪《わ》になってしずかにくるくるとまわっていました。黄《き》いろのがだんだん向《む》こうへまわって行《い》って、青《あお》い小《ちい》さいのがこっちへ進《すす》んで来《き》、まもなく二《ふた》つのはじは、重《かさ》なり合《あ》って、きれいな緑《みどり》いろの両面凸《りょうめんとつ》レンズのかたちをつくり、それもだんだん、まん中《なか》がふくらみだして、とうとう青《あお》いのは、すっかりトパーズの正面《しょうめん》に来《き》ましたので、緑《みどり》の中心《ちゅうしん》と黄《き》いろな明《あか》るい環《わ》とができました。それがまただんだん横《よこ》へ外《そ》れて、前《まえ》のレンズの形《かたち》を逆《ぎゃく》にくり返《かえ》し、とうとうすっとはなれて、サファイアは向《む》こうへめぐり、黄《き》いろのはこっちへ進《すす》み、またちょうどさっきのようなふうになりました。銀河《ぎんが》の、かたちもなく音《おと》もない水《みず》にかこまれて、ほんとうにその黒《くろ》い測候所《そっこうじょ》が、睡《ねむ》っているように、しずかによこたわったのです。

「あれは、水《みず》の速《はや》さをはかる器械《きかい》です。水《みず》も……」鳥捕《とりと》

りが言《い》いかけたとき、

「切符《きっぷ》を拝見《はいけん》いたします」三人《さんにん》の席《せき》の横《よこ》に、赤《あか》い帽子《ぼうし》をかぶったせいの高《たか》い車掌《しゃしょう》が、いつかまっすぐに立《た》っていて言《い》いました。鳥捕《とりと》りは、だまってかくしから、小《ちい》さな紙《かみ》きれを出《だ》しました。車掌《しゃしょう》はちょっと見《み》て、すぐ眼《め》をそらして（あなた方《がた》のは？）というように、指《ゆび》をうごかしながら、手《て》をジョバンニたちの方《ほう》へ出《だ》しました。

「さあ」ジョバンニは困《こま》って、もじもじしていましたら、カムパネルラはわけもないというふうで、小《ちい》さな鼠《ねずみ》いろの切符《きっぷ》を出《だ》しました。ジョバンニは、すっかりあわててしまって、もしか上着《うわぎ》のポケットにでも、はいっていたかとおもいながら、手《て》を入《い》れてみましたら、何《なに》か大《おお》きなたたんだ紙《かみ》きれにあたりました。こんなものはいっていたろうかと思《おも》って、急《いそ》いで出《だ》してみましたら、それは四《よっ》つに折《お》ったはがきぐらいの大《おお》きさの緑《みどり》いろの紙《かみ》でした。車掌《しゃしょう》が手《て》を出《だ》しているもんですからなんでもかまわない、やっちまえと思《おも》って渡《わた》しましたら、車掌《しゃしょう》はまっすぐに立《た》ち直《なお》っていねいにそれを開《ひら》いて見《み》ていました。そして読《よ》みながら上着《うわぎ》のぼたんやなんかしきりに直《なお》したりしていましたし燈台看守《とうだいかんしゅ》も下《した》からそれを熱心《ねっしん》にのぞいていましたから、ジョバンニはたしかにあれは証明書《しょうめいしょ》か何《なに》かだったと考《かんが》えて少《すこ》し胸《むね》が熱《あつ》くなるような気《き》がしました。

「これは三次空間《さんじくうかん》の方《ほう》からお持《も》ちになったのですか」車掌《しゃしょう》がたずねました。

「なんだかわかりません」もう大丈夫《だいじょうぶ》だと安心《あんしん》しながらジョバンニはそっちを見《み》あげてくつくつ笑《わら》いました。

「よろしゅうございます。南十字《サウザンクロス》へ着《つ》きますのは、次《つぎ》の第三時《だいさんじ》ころになります」車掌《しゃしょう》は紙《かみ》をジョバンニに渡《わた》して向《む》こうへ行《い》きました。

カムパネルラは、その紙切《かみき》れが何《なに》だったか待《ま》ちかねたというように急《いそ》いでのぞきこみました。ジョバンニも全《まった》く早《はや》く見《み》たかったのです。ところがそれはいちめん黒《くろ》い唐草《からくさ》のような模様《もよう》の中《なか》に、おかしな十《じゅう》ばかりの字《じ》を印刷《いんさつ》したもので、だまって見《み》ているとなんだかその中《なか》へ吸《す》い込《こ》まれてしまうような気《き》がするのでした。すると鳥捕《とりと》りが横《よこ》からちらっとそれを見《み》てあわてたように言《い》いました。

「おや、こいつはたいしたもんですぜ。こいつはもう、ほんとうの天上《てんじょう》へさえ行《い》ける切符《きっぷ》だ。天上《てんじょう》どこじゃない、どこでもかってにあるける通行券《つうこうけん》です。こいつをお持《も》ちになれぁ、なるほど、こんな不完全《ふかんぜん》な幻想第四次《げんそうだいよじ》の銀河鉄道《ぎんがてつどう》なんか、どこまでも行《い》けるはずでさあ、あなた方《がた》たいしたもんですね」

「なんだかわかりません」ジョバンニが赤《あか》くなって答《こた》えながら、それをまたたたんでかくしに入《い》れました。そしてきまりが悪《わる》いのでカムパネルラと二人《ふたり》、また窓《まど》の外《そと》をながめていましたが、その鳥捕《とりと》りの時々《ときどき》たいしたもんだというように、ちらちらこっちを見《み》ているのがぼんやりわかりました。

「もうじき鷲《わし》の停車場《ていしゃじょう》だよ」カムパネルラが向《む》こう岸《ぎし》の、三《みっ》つならんだ小《ちい》さな青《あお》じろい三角標《さんかくひょう》と、地図《ちず》とを見《み》くらべて言《い》いました。

ジョバンニはなんだかわけもわからずに、にわかにとなりの鳥捕《とりと》りがきのどくでたまらなくなりました。鷺《さぎ》をつかまえてせいせいしたとよろこんだり、白《しろ》いきれでそれをくるくる包《つつ》んだり、ひとの切符《きっぷ》をびっくりしたように横目《よこめ》で見《み》てあわててほめだしたり、そんなことを一々《いちいち》考《かんが》えていると、もうその見《み》ず知《し》らずの鳥捕《とりと》りのために、ジョバンニの持《も》っているものでも食《た》べるものでもなんでもやってしまいたい、もうこの人《ひと》のほんとうの幸《さいわい》になるなら、自分《じぶん》があの光《ひか》る天《あま》の川《がわ》の河原《かわら》に立《た》って百年《ひゃくねん》つづけて立《た》って鳥《とり》をとってやってもいいというような気《き》がして、どうしてももう黙《だま》っていられなくなりました。ほんとうにあなたのほしいものはいったい何《なん》ですかと訊《き》こうとして、それではあんまり出《だ》し抜《ぬ》けだから、どうしようかと考《かんが》えてふり返《かえ》って見《み》ましたら、そこにはもうあの鳥捕《とりと》りがいませんでした。網棚《あみだな》の上《うえ》には白《しろ》い荷物《にもつ》も見《み》えなかったのです。また窓《まど》の外《そと》で足《あし》をふんばってそらを見上《みあ》げて鷺《さぎ》を捕《と》るしたくをしているのかと思《おも》って、急《いそ》いでそっちを見《み》ましたが、外《そと》はいちめんのうつくしい砂子《すなご》と白《しろ》いすすきの波《なみ》ばかり、あの鳥捕《とりと》りの広《ひろ》いせなかもとがった帽子《ぼうし》も見《み》えませんでした。

「あの人《ひと》どこへ行《い》ったろう」カムパネルラもぼんやりそう言《い》っていました。

「どこへ行《い》ったろう。いったいどこでまたあうのだろう。僕《ぼく》はどうしても少《すこ》しあの人《ひと》に物《もの》を言《い》わなかったろう」

「ああ、僕《ぼく》もそう思《おも》っているよ」

「僕《ぼく》はあの人《ひと》が邪魔《じゃま》なような気《き》がしたんだ。だから僕《ぼく》はたいへんつらい」ジョバンニはこんなへんてこな気《き》もちは、ほんとうにはじめてだし、こんなこと今《いま》まで言《い》ったこともないと思《おも》いました。

「なんだか苹果《りんご》のにおいがする。僕《ぼく》いま苹果《りんご》のことを考《かんが》えたためだろうか」カムパネルラが不思議《ふしぎ》そうにあたりを見《み》まわしました。

「ほんとうに苹果《りんご》のにおいだよ。それから野茨《のいばら》のにおいもする」

ジョバンニもそこらを見《み》ましたがやっぱりそれは窓《まど》からでもはいって来《く》るらしいのでした。いま秋《あき》だから野茨《のいばら》の花《はな》のにおいのするはずはないとジョバンニは思《おも》いました。

そしたらにわかにそこに、つやつやした黒《くろ》い髪《かみ》の六《むっ》つばかりの男《おとこ》の子《こ》が赤《あか》いジャケツのぼたんもかけず、ひどくびっくりしたような顔《かお》をして、がたがたふるえてはだしで立《た》っていました。隣《とな》りには黒《くろ》い洋服《ようふく》をきちんと着《き》たせいの高《たか》い青年《せいねん》がいっぱいに風《かぜ》に吹《ふ》かれているけやきの木《き》のような姿勢《しせい》で、男《おとこ》の子《こ》の手《て》をしっかりひいて立《た》っていました。

「あら、ここどこでしょう。まあ、きれいだわ」青年《せいねん》のうしろに、もひとり、十二《じゅうに》ばかりの眼《め》の茶《ちゃ》いろな可愛《かわい》らしい女《おんな》の子《こ》が、黒《くろ》い外套《がいとう》を着《き》て青年《せいねん》の腕《うで》にすがって不思議《ふしぎ》そうに窓《まど》の外《そと》を見《み》ているのでした。

「ああ、ここはランカシャイヤだ。いや、コンネクテカット州《しゅう》だ。いや、ああ、ぼくたちはそらへ来《き》たのだ。わたしたちは天《てん》へ行《い》くのです。ごらんなさい。あのしるしは天上《てんじょう》のしるしです。もうなんにもこわいことありません。わたくしたちは神《かみ》さまに召《め》されているのです」黒服《くろふく》の青年《せいねん》はよろこびにかがやいてその女《おんな》の子《こ》に言《い》いました。けれどもなぜかまた額《ひたい》に深《ふか》く皺《しわ》を刻《きざ》んで、それにたいへんつかれているらしく、無理《むり》に笑《わら》いながら男《おとこ》の子《こ》をジョバンニのとなりにすわらせました。それから女《おんな》の子《こ》にやさしくカムパネルラのとなりの席《せき》を指《ゆび》さしました。女《おんな》の子《こ》はすなおにそこへすわって、きちんと両手《りょうて》を組《く》み合《あ》わせました。

「ぼく、おおねえさんのとこへ行《い》くんだよう」腰掛《こしか》けたばかりの男《おとこ》の子《こ》は顔《かお》を変《へん》にして燈台看守《とうだいかんしゅ》の向《む》こうの席《せき》にすわったばかりの青年《せいねん》に言《い》いました。青年《せいねん》はなんとも言《い》えず悲《かな》しそうな顔《かお》をして、じっとその子《こ》の、ちぢれたぬれた頭《あたま》を見《み》ました。女《おんな》の子《こ》は、いきなり両手《りょうて》を顔《かお》にあててしくしく泣《な》いてしまいました。

「お父《とう》さんやきくよねえさんはまだいろいろお仕事《しごと》があるのです。けれどももうすぐあとからいらっしゃいます。それよりも、おっかさんはどんなに永《なが》く待《ま》っていらっしゃったでしょう。わたしの大事《だいじ》なタダシはいまどんな歌《うた》をうたっているだろう、雪《ゆき》の降《ふ》る朝《あさ》にみんなと手《て》をつないで、ぐるぐるにわとこのやぶをまわってあそんでいるだろうかと考《かんが》えたり、ほんとうに待《ま》って心配《しんぱい》していらっしゃるんですから、早《はや》く行《い》って、おっかさんにお目《め》にかかりましょうね」

「うん、だけど僕《ぼく》、船《ふね》に乗《の》らなけぁよかったなあ」

「ええ、けれど、ごらんなさい、そら、どうです、あの立派《りっぱ》な川《かわ》、ね、あすこはあの夏《なつ》じゅう、ツィンクル、ツィンクル、リトル、スターをうたってやすむとき、いつも窓《まど》からぼんやり白《しろ》く見《み》えていたでしょう。あすこですよ。ね、きれいでしょう、あんなに光《ひか》っています」

泣《な》いていた姉《あね》もハンケチで眼《め》をふいて外《そと》を見《み》ました。

青年《せいねん》は教《おし》えるようにそっと姉弟《きょうだい》にまた言《い》いました。

「わたしたちはもう、なんにもかなしいことないのです。

わたしたちはこんないいとこを旅《たび》して、じき神《かみ》さまのところへ行《い》きます。そこならもう、ほんとうに明《あか》るくてにおいがよくて立派《りっぱ》な人《ひと》たちでいっぱいです。そしてわたしたちの代《か》わりにボートへ乗《の》れた人《ひと》たちは、きっとみんな助《たす》けられて、心配《しんぱい》して待《ま》っているめいめいのお父《とう》さんやお母《かあ》さんや自分《じぶん》のお家《うち》へやら行《い》くのです。さあ、もうじきですから元気《げんき》を出《だ》しておもしろくうたって行《い》きましょう」青年《せいねん》は男《おとこ》の子《こ》のぬれたような黒《くろ》い髪《かみ》をなで、みんなを慰《なぐさ》めながら、自分《じぶん》もだんだん顔《かお》いろがかがやいてきました。

「あなた方《がた》はどちらからいらっしゃったのですか。どうなすったのですか」

さっきの燈台看守《とうだいかんしゅ》がやっと少《すこ》しわかったように青年《せいねん》にたずねました。青年《せいねん》はかすかにわらいました。

「いえ、氷山《ひょうざん》にぶっつかって船《ふね》が沈《しず》みましてね、わたしたちはこちらのお父《とう》さんが急《きゅう》な用《よう》で二《に》か月前《げつまえ》、一足《ひとあし》さきに本国《ほんごく》へお帰《かえ》りになったので、あとから発《た》ったのです。私《わたし》は大学《だいがく》へはいっていて、家庭教師《かていきょうし》にやとわれていたのです。ところがちょうど十二日目《じゅうににちめ》、今日《きょう》か昨日《きのう》のあたりです、船《ふね》が氷山《ひょうざん》にぶっつかって一《いっ》ぺんに傾《かたむ》きもう沈《しず》みかけました。月《つき》のあかりはどこかぼんやりありましたが、霧《きり》が非常《ひじょう》に深《ふか》かったのです。ところがボートは左舷《さげん》の方半分《ほうはんぶん》はもうだめになっていましたから、とてもみんなは乗《の》り切《き》らないのです。もうそのうちにも船《ふね》は沈《しず》みますし、私《わたし》は必死《ひっし》となって、どうか小《ちい》さな人《ひと》たちを乗《の》せてくださいと叫《さけ》びました。近《ちか》くの人《ひと》たちはすぐみちを開《ひら》いて、そして子供《こども》たちのために祈《いの》ってくれました。けれどもそこからボートまでのところには、まだまだ小《ちい》さな子《こ》どもたちや親《おや》たちやなんかいて、とても押《お》しのける勇気《ゆうき》がなかったのです。それでもわたくしはどうしてもこの方《かた》たちをお助《たす》けするのが私《わたくし》の義務《ぎむ》だと思《おも》いましたから前《まえ》にいる子供《こども》らを押《お》しのけようとしました。けれどもまた、そんなにして助《たす》けてあげるよりはこのまま神《かみ》の御前《みまえ》にみんなで行《い》く方《ほう》が、ほんとうにこの方《かた》たちの幸福《こうふく》だとも思《おも》いました。それからまた、その神《かみ》にそむく罪《つみ》はわたくしひとりでしょってぜひとも助《たす》けてあげようと思《おも》いました。けれども、どうしても見《み》ているとそれができないのでした。子《こ》どもらばかりのボートの中《なか》へはなしてやって、お母《かあ》さんが狂気《きょうき》のようにキスを送《おく》りお父《とう》さんがかなしいのをじっとこらえてまっすぐに立《た》っているなど、とてももう腸《はらわた》もちぎれるようでした。そのうち船《ふね》はもうずんずん沈《しず》みますから、私《わたくし》たちはかたまって、もうすっかり覚悟《かくご》して、この人《ひと》たち二人《ふたり》を抱《だ》いて、浮《う》かべるだけは浮《う》かぼうと船《ふね》の沈《しず》むのを待《ま》っていました。誰《だれ》が投《な》げたかライフヴイが一《ひと》つ飛《と》んで来《き》ましたけれどもすべってずうっと向《む》こうへ行《い》ってしまいました。私《わたくし》は一生《いっしょう》けん命《めい》で甲板《かんぱん》の格子《こうし》になったところをはなして、三人《さんにん》それにしっかりとりつきました。どこからともなく三〇六番《さんびゃくろくばん》の声《こえ》があがりました。たちまちみんなはいろいろな国語《こくご》で一《いっ》ぺんにそれをうたいました。そのときにわかに大《おお》きな音《おと》がして私《わたくし》たちは水《みず》に落《お》ち、もう渦《うず》にはいったと思《おも》いながらしっかりこの人《ひと》たちをだいて、それからぼうっとしたと思《おも》ったらもうここへ来《き》ていたのです。この方《かた》たちのお母《かあ》さんは一昨年《いっさくねん》没《な》くなられました。ええ、ボートはきっと助《たす》かったにちがいありません、なにせよほど熟練《じゅくれん》な水夫《すいふ》たちが漕《こ》いで、すばやく船《ふね》からはなれていましたから」

そこらから小《ちい》さな嘆息《たんそく》やいのりの声《こえ》が聞《き》こえジョバンニ

もカムパネルラもいままで忘《わす》れていたいろいろのことをぼんやり思《おも》い出《だ》して眼《め》が熱《あつ》くなりました。

(ああ、その大《おお》きな海《うみ》はパシフィックというのではなかったろうか。その氷山《ひょうざん》の流《なが》れる北《きた》のはての海《うみ》で、小《ちい》さな船《ふね》に乗《の》って、風《かぜ》や凍《こお》りつく潮水《しおみず》や、はげしい寒《さむ》さとたたかって、たれかが一生《いっしょう》けんめいはたらいている。ぼくはそのひとにほんとうにきのどくでそしてすまないような気《き》がする。ぼくはそのひとのさいわいのためにいったいどうしたらいいのだろう)

ジョバンニは首《くび》をたれて、すっかりふさぎ込《こ》んでしまいました。

「なにがしあわせかわからないです。ほんとうにどんなつらいことでもそれがただしいみちを進《すす》む中《なか》でのできごとなら、峠《とうげ》の上《のぼ》りも下《くだ》りもみんなほんとうの幸福《こうふく》に近《ちか》づく一《ひと》あしずつですから」

燈台守《とうだいもり》がなぐさめていました。

「ああそうです。ただいちばんのさいわいに至《いた》るためにいろいろのかなしみもみんなおぼしめしです」

青年《せいねん》が祈《いの》るようにそう答《こた》えました。

そしてあの姉弟《きょうだい》はもうつかれてめいめいぐったり席《せき》によりかかって睡《ねむ》っていました。さっきのあのはだしだった足《あし》にはいつか白《しろ》い柔《やわ》らかな靴《くつ》をはいていたのです。

ごとごとごとごと汽車《きしゃ》はきらびやかな燐光《りんこう》の川《かわ》の岸《きし》を進《すす》みました。向《む》こうの方《ほう》の窓《まど》を見《み》ると、野原《のはら》はまるで幻燈《げんとう》のようでした。百《ひゃく》も千《せん》もの大小《だいしょう》さまざまの三角標《さんかくひょう》、その大《おお》きなものの上《うえ》には赤《あか》い点々《てんてん》をうった測量旗《そくりょうき》も見《み》え、野原《のはら》のはてはそれらがいちめん、たくさんたくさん集《あつ》まってぼおっと青白《あおじろ》い霧《きり》のよう、そこからか、またはもっと向《む》こうからか、ときどきさまざまの形《かたち》のぼんやりした狼煙《のろし》のようなものが、かわるがわるきれいな桔梗《ききょう》いろのそらにうちあげられるのでした。じつにそのすきとおった奇麗《きれい》な風《かぜ》は、ばらのにおいでいっぱいでした。

「いかがですか。こういう苹果《りんご》はおはじめてでしょう」

向《む》こうの席《せき》の燈台看守《とうだいかんしゅ》がいつか黄金《きん》と紅《べに》でうつくしくいろどられた大《おお》きな苹果《りんご》を落《お》とさないように両手《りょうて》で膝《ひざ》の上《うえ》にかかえていました。

「おや、どっから来《き》たのですか。立派《りっぱ》ですねえ。ここらではこんな苹果《りんご》ができるのですか」青年《せいねん》はほんとうにびっくりしたらしく、燈台看守《とうだいかんしゅ》の両手《りょうて》にかかえられた一《ひと》もりの苹果《りんご》を、眼《め》を細《ほそ》くしたり首《くび》をまげたりしながら、われを忘《わす》れてながめていました。

「いや、まあおとりください。どうか、まあおとりください」

青年《せいねん》は一《ひと》つとってジョバンニたちの方《ほう》をちょっと見《み》まし

た。

「さあ、向《む》こうの坊《ぼっ》ちゃんがた。いかがですか。おとりくださいぃ」

ジョバンニは坊《ぼっ》ちゃんといわれたので、すこししゃくにさわってだまっていましたが、カムパネルラは、

「ありがとう」と言《い》いました。

すると青年《せいねん》は自分《じぶん》でとって一《ひと》つずつ二人《ふたり》に送《おく》ってよこしましたので、ジョバンニも立《た》って、ありがとうと言《い》いました。

燈台看守《とうだいかんしゅ》はやっと両腕《りょううで》があいたので、こんどは自分で一《ひと》つずつ睡《ねむ》っている姉弟《きょうだい》の膝《ひざ》にそっと置《お》きました。

「どうもありがとう。どこでできるのですか。こんな立派《りっぱ》な苹果《りんご》は」

青年《せいねん》はつくづく見《み》ながら言《い》いました。

「この辺《へん》ではもちろん農業《のうぎょう》はいたしますけれどもたいていひとりでにいいものができるような約束《やくそく》になっておりま す。農業《のうぎょう》だってそんなにほねはおれはしません。たいてい自分《じぶん》の望《のぞ》む種子《たね》さえ播《ま》けばひとりでにどんどんできます。米《こめ》だってパシフィック辺《へん》のように殻《から》もないし十倍《じゅうばい》も大《おお》きくてにおいもいいのです。けれどもあなたがたのいらっしゃる方《ほう》なら農業《のうぎょう》はもうありません。苹果《りんご》だってお菓子《かし》だって、かすが少《すこ》しもありませんから、みんなそのひとそのひとに

よってちがった、わずかのいいかおりになって毛《け》あなから
ちらけてしまうのです」
にわかに男《おとこ》の子《こ》がばっちり眼《め》をあいて言《い》いました。
「ああぼくいまお母《つか》さんの夢《ゆめ》をみていたよ。お母《つか》さんが
ね、立派《りっぱ》な戸棚《とだな》や本《ほん》のあるとこにいてね、ぼくの方《ほう》を見《み》て
手《て》をだしてにこにこにこにこわらったよ。ぼく、おっかさ
ん。りんごをひろってきてあげましょうか、と言《い》ったら眼《め》
がさめちゃった。ああここ、さっきの汽車《きしゃ》のなかだねえ」
「その苹果《りんご》がそこにあります。このおじさんにいただい
たのですよ」青年《せいねん》が言《い》いました。
「ありがとうおじさん。おや、かおるねえさんまだねて

るねえ、ぼくおこしてやろう。ねえさん。ごらん、りんごをもらったよ。おきてごらん」

姉《あね》はわらって眼《め》をさまし、まぶしそうに両手《りょうて》を眼《め》にあて て、それから苹果《りんご》を見《み》ました。

男《おとこ》の子《こ》はまるでパイをたべるように、もうそれをたべていました。またせっかくむいたそのきれいな皮《かわ》も、くるくるコルク抜《ぬ》きのような形《かたち》になって床《ゆか》へ落《お》ちるまでの間《あいだ》にはすうっと、灰《はい》いろに光《ひか》って蒸発《じょうはつ》してしまうのでした。

二人《ふたり》はりんごをたいせつにポケットにしまいました。

川下《かわしも》の向《む》こう岸《ぎし》に青《あお》く茂《しげ》った大《おお》きな林《はやし》が見《み》え、その枝《えだ》には熟《じゅく》してまっ赤《か》に光《ひか》るまるい実《み》がいっぱい、その林《はやし》のまん中《なか》に高《たか》い高《たか》い三角標《さんかくひょう》が立《た》って、森《もり》の中《なか》からはオーケストラベルやジロフォンにまじってなんとも言《い》えずきれいな音《ね》いろが、とけるように浸《し》みるように風《かぜ》につれて流《なが》れて来《く》るのでした。

青年《せいねん》はぞくっとしてからだをふるうようにしました。

だまってその譜《ふ》を聞《き》いていると、そこらにいちめん黄《き》いろや、うすい緑《みどり》の明《あか》るい野原《のはら》か敷物《しきもの》かがひろがり、またまっ白《しろ》な蝋《ろう》のような露《つゆ》が太陽《たいよう》の面《めん》をかすめて行《い》くように思《おも》われました。

「まあ、あの烏《からす》」カムパネルラのとなりの、かおると呼《よ》ばれた女《おんな》の子《こ》が叫《さけ》びました。

「からすでない。みんなかささぎだ」カムパネルラがまた何気《なにげ》なくしかるように叫《さけ》びましたので、ジョバンニはまた思《おも》わず笑《わら》い、女《おんな》の子《こ》はきまり悪《わる》そうにしました。まったく河原《かわら》の青《あお》じろいあかりの上《うえ》に、黒《くろ》い鳥《とり》がたくさんいっぱいに列《れつ》になってとまってじっと川《かわ》の微光《びこう》を受《う》けているのでした。

「かささぎですねえ、頭《あたま》のうしろのとこに毛《け》がぴんと延《の》びてますから」青年《せいねん》はとりなすように言《い》いました。

向《む》こうの青《あお》い森《もり》の中《なか》の三角標《さんかくひょう》はすっかり汽車《きしゃ》の正面《しょうめん》に来《き》ました。そのとき汽車《きしゃ》のずうっとうしろの方《ほう》から、あの聞《き》きなれた三〇六番《さんびゃくろくばん》の讃美歌《さんびか》のふしが聞《き》こえてきました。よほどの人数《にんずう》で合唱《がっしょう》しているらしいのでした。青年《せいねん》はさっと顔《かお》いろが青《あお》ざめ、たって一《いっ》ぺんそっちへ行《い》きそうにしましたが思《おも》いかえしてまたすわりました。かおる子《こ》はハンケチを顔《かお》にあててしまいました。

ジョバンニまでなんだか鼻《はな》が変《へん》になりました。けれどもいつともなく誰《だれ》ともなくその歌《うた》は歌《うた》い出《だ》されだんだんはっきり強《つよ》くなりました。思《おも》わずジョバンニもカムパネルラもいっしょにうたいだしたのです。

そして青《あお》い橄欖《かんらん》の森《もり》が、見《み》えない天《あま》の川《がわ》の向《む》こうにさめざめと光《ひか》りながらだんだんうしろの方《ほう》へ行《い》ってしまい、そこから流《なが》れて来《く》るあやしい楽器《がっき》の音《おと》も、もう汽車《きしゃ》のひびきや風《かぜ》の音《おと》にすりへらされてずうっとかすかになりました。

「あ、孔雀《くじゃく》がいるよ。あ、孔雀《くじゃく》がいるよ」

「あの森琴《もりライラ》の宿《やど》でしょう。あたしきっとあの森《もり》の中《なか》にむかしの大《おお》きなオーケストラの人《ひと》たちが集《あつ》まっていらっしゃると思《おも》うわ、まわりには青《あお》い孔雀《くじゃく》やなんかたくさんいると思《おも》うわ」

「ええ、たくさんいたわ」女《おんな》の子《こ》がこたえました。

ジョバンニはその小《ちい》さく小《ちい》さくなっていまはもう一《ひと》つの緑《みどり》いろの貝《かい》ぼたんのように見《み》える森《もり》の上《うえ》にさっさっと青《あお》じろく時々《ときどき》光《ひか》ってその孔雀《くじゃく》がはねをひろげたりとじたりする光《ひかり》の反射《はんしゃ》を見《み》ました。

「そうだ、孔雀《くじゃく》の声《こえ》だってさっき聞《き》こえた」カムパネルラが女《おんな》の子《こ》に言《い》いました。

「ええ、三十疋《さんじゅっぴき》ぐらいはたしかにいたわ」女《おんな》の子《こ》が答《こた》えました。

ジョバンニはにわかになんとも言《い》えずかなしい気《き》がして思わず、

「カムパネルラ、ここからはねおりて遊《あそ》んで行《い》こうよ」とこわい顔《かお》をして言《い》おうとしたくらいでした。

ところがそのときジョバンニは川下《かわしも》の遠《とお》くの方《ほう》に不思議《ふしぎ》なものを見《み》ました。それはたしかになにか黒《くろ》いつるつるした細長《ほそなが》いもので、あの見《み》えない天《あま》の川《がわ》の水《みず》の上《うえ》に飛《と》び出《だ》してちょっと弓《ゆみ》のようなかたちに進《すす》んで、また水《みず》の中《なか》にかくれたようでした。おかしいと思《おも》ってまたよく気《き》をつけていましたら、こんどはずっと近《ちか》くでまたそんなことがあったらしいのでした。そのうちもうあっちでもこっちでも、その黒《くろ》いつるつるした変《へん》なものが水《みず》から飛《と》び出《だ》して、まるく飛《と》んでまた頭《あたま》から水《みず》へくぐるのがたくさん見《み》えてきました。みんな魚《さかな》のように川上《かわかみ》へのぼるらしいのでした。

「まあ、なんでしょう。たあちゃん。ごらんなさい。まあたくさんだわね。なんでしょうあれ」

睡《ねむ》そうに眼《め》をこすっていた男《おとこ》の子《こ》はびっくりしたように立《た》ちあがりました。

「なんだろう」青年《せいねん》も立《た》ちあがりました。

「まあ、おかしな魚《さかな》だわ、なんでしょうあれ」

「海豚《いるか》です」カムパネルラがそっちを見《み》ながら答《こた》えました。

「海豚《いるか》だなんてあたしはじめてだわ。けどここ海《うみ》じゃないんでしょう」

「いるかは海《うみ》にいるときまっていない」あの不思議《ふしぎ》な低《ひく》い声《こえ》がまたどこからかしました。

ほんとうにそのいるかのかたちのおかしいことは、二《ふた》つのひれをちょうど両手《りょうて》をさげて不動《ふどう》の姿勢《しせい》をとったようなふうにして水《みず》の中《なか》から飛《と》び出《だ》して来《き》て、うやうやしく頭《あたま》を下《した》にして不動《ふどう》の姿勢《しせい》のまままた水《みず》の中《なか》へくぐって行《い》くのでした。見《み》えない天《あま》の川《がわ》の水《みず》もそのときはゆらゆらと青《あお》い焔《ほのお》のように波《なみ》をあげるのでした。

「いるかお魚《さかな》でしょうか」女《おんな》の子《こ》がカムパネルラにはなしかけました。男《おとこ》の子《こ》はぐったりつかれたように席《せき》にもたれて睡《ねむ》っていました。

「いるか、魚《さかな》じゃありません。くじらと同《おな》じようなけだものです」カムパネルラが答《こた》えました。

「あなたくじら見《み》たことあって」

「僕《ぼく》あります。くじら、頭《あたま》と黒《くろ》いしっぽだけ見《み》えます。潮《しお》を吹《ふ》くとちょうど本《ほん》にあるようになります」

「くじらなら大《おお》きいわねえ」

「くじら大《おお》きいです。子供《こども》だっているかぐらいあります」

「そうよ、あたしアラビアンナイトで見《み》たわ」姉《あね》は細《ほそ》い銀《ぎん》いろの指輪《ゆびわ》をいじりながらおもしろそうにはなししていました。

（カムパネルラ、僕《ぼく》もう行《い》っちまうぞ。僕《ぼく》なんか鯨《くじら》だって見《み》たことないや）

ジョバンニはまるでたまらないほどいらいらしながら、それでも堅《かた》く、唇《くちびる》を噛《か》んでこらえて窓《まど》の外《そと》を見《み》ていました。その窓《まど》の外《そと》には海豚《いるか》のかたちももう見《み》えなくなって川《かわ》は二《ふた》つにわかれました。そのまっくらな島《しま》のまん中《なか》に高《たか》い高《たか》いやぐらが一《ひと》つ組《く》まれて、その上《うえ》に一人《ひとり》の寛《ゆる》い服《ふく》を着《き》て赤《あか》い帽子《ぼうし》をかぶった男《おとこ》が立《た》っていました。そして両手《りょうて》に赤《あか》と青《あお》の旗《はた》をもってそらを見上《みあ》げて信号《しんごう》しているのでした。

ジョバンニが見《み》ている間《あいだ》その人《ひと》はしきりに赤《あか》い旗《はた》をふっていましたが、にわかに赤旗《あかはた》をおろしてうしろにかくすようにし、青《あお》い旗《はた》を高《たか》く高《たか》くあげてまるでオーケストラの指揮者《しきしゃ》のようにはげしく振《ふ》りました。すると空中《くうちゅう》にざあっと雨《あめ》のような音《おと》がして、何《なに》かまっくらなものが、いくかたまりもいくかたまりも鉄砲丸《てっぽうだま》のように川《かわ》の向《む》こうの方《ほう》へ飛《と》んで行《い》くのでした。ジョバンニは思《おも》わず窓《まど》からからだを半分出《はんぶんだ》して、そっちを見《み》あげました。美《うつく》しい美《うつく》しい桔梗《ききょう》いろのがらんとした空《そら》の下《した》を、実《じつ》に何万《なんまん》という小《ちい》さな鳥《とり》どもが、幾組《いくくみ》も幾組《いくくみ》もめいめいせわしくせわしく鳴《な》いて通《とお》って行《い》くのでした。

「鳥《とり》が飛《と》んで行《い》くな」ジョバンニが窓《まど》の外《そと》で言《い》いました。

「どら」カムパネルラもそらを見《み》ました。

そのときあのやぐらの上《うえ》のゆるい服《ふく》の男《おとこ》はにわかに赤《あか》い旗《はた》をあげて狂気《きょうき》のようにふりうごかしました。するとぴたっと鳥《とり》の群《む》れは通《とお》らなくなり、それと同時《どうじ》にぴしゃあんというつぶれたような音《おと》が川下《かわしも》の方《ほう》で起《お》こって、それからしばらくしいんとしました。と思《おも》ったらあの赤帽《あかぼう》の信号手《しんごうしゅ》がまた青《あお》い旗《はた》をふって叫《さけ》んでいたのです。

「いまこそわたれわたり鳥《どり》、いまこそわたれわたり鳥《どり》」その声《こえ》もはっきり聞《き》こえました。

それといっしょにまた幾万《いくまん》という鳥《とり》の群《む》れがそらをまっすぐにかけたのです。二人《ふたり》の顔《かお》を出《だ》しているまん中《なか》の窓《まど》からあの女《おんな》の子《こ》が顔《かお》を出《だ》して美《うつく》しい頬《ほお》をかがやかせながらそらを仰《あお》ぎました。

「まあ、この鳥《とり》、たくさんですわねえ、あらまあそらのきれいなこと」女《おんな》の子《こ》はジョバンニにはなしかけましたけれどもジョバンニは生意気《なまいき》な、いやだいと思《おも》いながら、だまって口《くち》をむすんでそらを見《み》あげていました。女《おんな》の子《こ》は小《ちい》さくほっと息《いき》をして、だまって席《せき》へ戻《もど》りました。カムパネルラがきのどくそうに窓《まど》から顔《かお》を引《ひ》っ込《こ》めて地図《ちず》を見《み》ていました。

「あの人鳥《ひととり》へ教《おし》えてるんでしょうか」女《おんな》の子《こ》がそっとカムパネルラにたずねました。

「わたり鳥《どり》へ信号《しんごう》してるんです。きっとどこからかのろしがあがるためでしょう」

カムパネルラが少《すこ》しおぼつかなそうに答《こた》えました。そして車《くるま》の中《なか》はしいんとなりました。ジョバンニはもう頭《あたま》を引《ひ》っ込《こ》めたかったのですけれども明《あか》るいとこへ顔《かお》を出《だ》すのがつらかったので、だまってこらえてそのまま立《た》って口笛《くちぶえ》を吹《ふ》いていました。

(どうして僕《ぼく》はこんなにかなしいのだろう。僕《ぼく》はもっとこころもちをきれいに大《おお》きくもたなければいけない。あすこの岸《きし》のずうっと向《む》こうにまるでけむりのような小《ちい》さな青《あお》い火《ひ》が見《み》える。あれはほんとうにしずかでつめたい。僕《ぼく》はあれをよく見《み》てこころもちをしずめるんだ)

ジョバンニは熱《ほて》って痛《いた》いあたまを両手《りょうて》で押《おさ》えるようにして、そっちの方《ほう》を見《み》ました。

(ああほんとうにどこまでもどこまでも僕《ぼく》といっしょに行《い》くひとはないだろうか。カムパネルラだってあんな女《おんな》の子《こ》とおもしろそうに談《はな》しているし僕《ぼく》はほんとうにつらいなあ)

ジョバンニの眼《め》はまた泪《なみだ》でいっぱいになり、天《あま》の川《がわ》もまるで遠《とお》くへ行《い》ったようにぼんやり白《しろ》く見《み》えるだけでした。

そのとき汽車《きしゃ》はだんだん川《かわ》からはなれて崖《がけ》の上《うえ》を通《とお》るようになりました。向《む》こう岸《ぎし》もまた黒《くろ》いいろの崖《がけ》が川《かわ》の岸《きし》を下流《かりゅう》に下《くだ》るにしたがって、だんだん高《たか》くなっていくのでした。そしてちらっと大《おお》きなとうもろこしの木《き》を見《み》ました。その葉《は》はぐるぐるに縮《ちぢ》れ葉《は》の下《した》にはもう美《うつく》しい緑《みどり》いろの大《おお》きな苞《ほう》が赤《あか》い毛《け》を吐《は》いて真珠《しんじゅ》のような実《み》もちらっと見《み》えたのでした。それはだんだん数《かず》を増《ま》してきて、もういまは列《れっ》のように崖《がけ》と線路《せんろ》との間《あいだ》にならび、思《おも》わずジョバンニが窓《まど》から顔《かお》を引《ひ》っ込《こ》めて向《む》こう側《がわ》の窓《まど》を見《み》ましたときは、美《うつく》しいそらの野原《のはら》の地平線《ちへいせん》のはてまで、その大《おお》きなとうもろこしの木《き》がほとんどいちめんに植《う》えられて、さやさや風《かぜ》にゆらぎ、その立派《りっぱ》なちぢれた葉《は》のさきからは、まるでひるの間《あいだ》にいっぱい日光《にっこう》を吸《す》った金剛石《こんごうせき》のように露《つゆ》がいっぱいについて、赤《あか》や緑《みどり》やきらきら燃《も》えて光《ひか》っているのでした。カムパネルラが、

「あれとうもろこしだねえ」とジョバンニに言《い》いましたけれども、ジョバンニはどうしても気持《きも》ちがなおりませんでしたから、ただぶっきらぼうに野原《のはら》を見《み》たまま、

「そうだろう」と答《こた》えました。

そのとき汽車《きしゃ》はだんだんしずかになって、いくつかのシ

グナルとてんてつ器《き》の灯《あかり》を過ぎ、小《ちい》さな停車場《ていしゃば》にとまりました。

その正面《しょうめん》の青《あお》じろい時計《とけい》はかっきり第二時《だいにじ》を示《しめ》し、風《かぜ》もなくなり汽車《きしゃ》もうごかず、しずかなしずかな野原《のはら》のなかにその振《ふ》り子《こ》はカチッカチッと正《ただ》しく時《とき》を刻《きざ》んでいくのでした。

そしてまったくその振《ふ》り子《こ》の音《おと》のたえまを遠《とお》くの遠《とお》くの野原《のはら》のはてから、かすかなかすかな旋律《せんりつ》が糸《いと》のように流《なが》れて来《く》るのでした。

「新世界交響楽《しんせかいこうきょうがく》だわ」向《む》こうの席《せき》の姉《あね》がひとりごとのようにこっちを見《み》ながらそっと言《い》いました。

全《まった》くもう車《くるま》の中《なか》ではあの黒服《くろふく》の丈高《たけたか》い青年《せいねん》も誰《だれ》もみんなやさしい夢《ゆめ》を見《み》ているのでした。

（こんなしずかないいとこで僕《ぼく》はどうしてもっと愉快《ゆかい》になれないだろう。どうしてこんなにひとりさびしいのだろう。けれどもカムパネルラなんかあんまりひどい、僕《ぼく》といっしょに汽車《きしゃ》に乗《の》っていながら、まるであんな女《おんな》の子《こ》とばかり談《はな》しているんだもの。僕《ぼく》はほんとうにつらい）

ジョバンニはまた手《て》で顔《かお》を半分《はんぶん》かくすようにして向《む》こうの窓《まど》のそとを見《み》つめていました。

すきとおった硝子《ガラス》のような笛《ふえ》が鳴《な》って汽車《きしゃ》はしずかに動《うご》きだし、カムパネルラもさびしそうに星《ほし》めぐりの口笛《くちぶえ》を吹《ふ》きました。
「ええ、ええ、もうこの辺《へん》はひどい高原《こうげん》ですから」
うしろの方《ほう》で誰《だれ》かとしよりらしい人《ひと》の、いま眼《め》がさめた
というふうではきはき談《はな》している声《こえ》がしました。
「とうもろこしだって棒《ぼう》で二尺《にしゃく》も孔《あな》をあけておいてそこ
へ播《ま》かないとはえないんです」
「そうですか。川《かわ》まではよほどありましょうかねえ」
「ええ、ええ、河《かわ》までは二千尺《にせんじゃく》から六千尺《ろくせんじゃく》あります。も
うまるでひどい峡谷《きょうこく》になっているんです」
そうそうここはコロラドの高原《こうげん》じゃなかったろうか、
ジョバンニは思《おも》わずそう思《おも》いました。

あの姉《あね》は弟《おとうと》を自分《じぶん》の胸《むね》によりかからせて睡《ねむ》らせながら黒《くろ》い瞳《ひとみ》をうっとりと遠《とお》くへ投《な》げて何《なに》を見《み》るでもなしに考《かんが》え込《こ》んでいるのでしたし、カムパネルラはまださびしそうにひとり口笛《くちぶえ》を吹《ふ》き、男《おとこ》の子《こ》はまるで絹《きぬ》で包《つつ》んだ苹果《りんご》のような顔《かお》いろをしてジョバンニの見《み》る方《ほう》を見《み》ているのでした。

突然《とつぜん》とうもろこしがなくなって巨《おお》きな黒《くろ》い野原《のはら》がいっぱいにひらけました。

新世界交響楽《しんせかいこうきょうがく》はいよいよはっきり地平線《ちへいせん》のはてから湧《わ》き、そのまっ黒《くろ》な野原《のはら》のなかを一人《ひとり》のインデアンが白《しろ》い鳥《とり》の羽根《はね》を頭《あたま》につけ、たくさんの石《いし》を腕《うで》と胸《むね》にかざり、小《ちい》さな弓《ゆみ》に矢《や》をつがえていちもくさんに汽車《きしゃ》を追《お》って来《く》るのでした。

「あら、インデアンですよ。インデアンですよ。おねえさまごらんなさい」

黒服《くろふく》の青年《せいねん》も眼《め》をさましました。

ジョバンニもカムパネルラも立《た》ちあがりました。

「走《はし》って来《く》るわ、あら、走《はし》って来《く》るわ。追《お》いかけているんでしょう」

「いいえ、汽車《きしゃ》を追《お》ってるんじゃないんですよ。猟《りょう》をするか踊《おど》るかしてるんですよ」

青年《せいねん》はいまどこにいるか忘《わす》れたというふうにポケットに手《て》を入《い》れて立《た》ちながら言《い》いました。

まったくインデアンは半分《はんぶん》は踊《おど》っているようでした。第一《だいいち》かけるにしても足《あし》のふみようがもっと経済《けいざい》もとれ本気《ほんき》にもなれそうでした。にわかにくっきり白《しろ》いその羽根《はね》は前《まえ》の方《ほう》へ倒《たお》れるようになり、インデアンはぴたっと立《た》ちどまって、すばやく弓《ゆみ》を空《そら》にひきました。そこから一羽《いちわ》の鶴《つる》がふらふらと落《お》ちて来《き》て、また走《はし》り出《だ》したインデアンの大《おお》きくひろげた両手《りょうて》に落《お》ちこみました。インデアンはうれしそうに立《た》ってわらいました。そしてその鶴《つる》をもってこっちを見《み》ている影《かげ》も、もうどんどん小《ちい》さく遠《とお》くなり、電《でん》しんばしらの碍子《がいし》がきらっきらっと続《つづ》いて二《ふた》つばかり光《ひか》って、またとうもろこしの林《はやし》になってしまいました。こっち側《がわ》の窓《まど》を見《み》ますと汽車《きしゃ》はほんとうに高《たか》い高《たか》い崖《がけ》の上《うえ》を走《はし》っていて、その谷《たに》の底《そこ》には川《かわ》がやっぱり幅《はば》ひろく明《あか》るく流《なが》れていたのです。

「ええ、もうこの辺《へん》から下《くだ》りです。なんせこんどは一《いっ》ぺんにあの水面《すいめん》までおりて行《い》くんですから容易《ようい》じゃありません。この傾斜《けいしゃ》があるもんですから汽車《きしゃ》は決《けっ》して向《む》こうからこっちへは来《こ》ないんです。そら、もうだんだん早《はや》くなったでしょう」さっきの老人《ろうじん》らしい声《こえ》が言《い》いました。

どんどんどんどん汽車《きしゃ》は降《お》りて行《い》きました。崖《がけ》のはじに鉄道《てつどう》がかかるときは川《かわ》が明《あか》るく下《した》にのぞけたのです。ジョバンニはだんだんこころもちが明《あか》るくなってきました。

汽車《きしゃ》が小《ちい》さな小屋《こや》の前《まえ》を通《とお》って、その前《まえ》にしょんぼりひとりの子供《こども》が立《た》ってこっちを見《み》ているときなどは思《おも》わず、ほう、と叫《さけ》びました。

どんどんどんどん汽車《きしゃ》は走《はし》って行《い》きました。室中《へやじゅう》のひとたちは半分《はんぶん》うしろの方《ほう》へ倒《たお》れるようになりながら腰掛《こしかけ》にしっかりしがみついていました。ジョバンニは思《おも》わずカムパネルラとわらいました。もうそして天《あま》の川《がわ》は汽車《きしゃ》のすぐ横手《よこて》をいままでよほど激《はげ》しく流《なが》れて来《き》たらしく、ときどきちらちら光《ひか》ってながれているのでした。うすあかい河原《かわら》なでしこの花《はな》があちこち咲《さ》いていました。汽車《きしゃ》はようやく落《お》ち着《つ》いたようにゆっくり走《はし》っていました。

向《む》こうとこっちの岸《きし》に星《ほし》のかたちとつるはしを書《か》いた旗《はた》がたっていました。

「あれなんの旗《はた》だろうね」ジョバンニがやっとものを言《い》いました。

「さあ、わからないねえ、地図《ちず》にもないんだもの。鉄《てつ》の舟《ふね》がおいてあるねえ」

「ああ」

「橋《はし》を架《か》けるとこじゃないんでしょうか」女《おんな》の子《こ》が言《い》いました。

「ああ、あれ工兵《こうへい》の旗《はた》だねえ。架橋演習《かきょうえんしゅう》をしてるんだ。けれど兵隊《へいたい》のかたちが見《み》えないねえ」

その時《とき》向《む》こう岸《ぎし》ちかくの少《すこ》し下流《かりゅう》の方《ほう》で、見《み》えない天《あま》の川《がわ》の水《みず》がぎらっと光《ひか》って、柱《はしら》のように高《たか》くはねあがり、どおとはげしい音《おと》がしました。

「発破《はっぱ》だよ、発破《はっぱ》だよ」カムパネルラはこおどりしました。

その柱《はしら》のようになった水《みず》は見《み》えなくなり、大《おお》きな鮭《さけ》や鱒《ます》がきらっきらっと白《しろ》く腹《はら》を光《ひか》らせて空中《くうちゅう》にほうり出《だ》されてまるい輪《わ》を描《えが》いてまた水《みず》に落《お》ちました。ジョバンニはもうはねあがりたいくらい気持《きも》ちが軽《かる》くなって言《い》いました。

「空《そら》の工兵大隊《こうへいだいたい》だ。どうだ、鱒《ます》なんかがまるでこんなになってはねあげられたねえ。僕《ぼく》こんな愉快《ゆかい》な旅《たび》はしたことない。いいねえ」

「あの鱒《ます》なら近《ちか》くで見《み》たらこれくらいあるねえ、たくさんさかないるんだな、この水《みず》の中《なか》に」

「小《ちい》さなお魚《さかな》もいるんでしょうか」女《おんな》の子《こ》が談《はなし》につり込《こ》まれて言《い》いました。

「いるんでしょう。大《おお》きなのがいるんだから小《ちい》さいのもいるんでしょう。けれど遠《とお》くだから、いま小《ちい》さいの見《み》えなかったねえ」ジョバンニはもうすっかり機嫌《きげん》が直《なお》っておもしろそうにわらって女《おんな》の子《こ》に答《こた》えました。

「あれきっと双子《ふたご》のお星《ほし》さまのお宮《みや》だよ」男《おとこ》の子《こ》がいきなり窓《まど》の外《そと》をさして叫《さけ》びました。

右手《みぎて》の低《ひく》い丘《おか》の上《うえ》に小《ちい》さな水晶《すいしょう》ででもこさえたような二《ふた》

つのお宮《みや》がならんで立《た》っていました。

「双子《ふたご》のお星《ほし》さまのお宮《みや》ってなんだい」

「あたし前《まえ》になんべんもお母《かあ》さんから聞《き》いたわ。ちゃんと小《ち》さな水晶《すいしょう》のお宮《みや》で二《ふた》つならんでいるからきっとそうだわ」

「はなしてごらん。双子《ふたご》のお星《ほし》さまが何《なに》をしたっての」

「ぼくも知《し》ってらい。双子《ふたご》のお星《ほし》さまが野原《のはら》へ遊《あそ》びにでて、からすと喧嘩《けんか》したんだろう」

「そうじゃないわよ。あのね、天《あま》の川《がわ》の岸《きし》にね、おっかさんお話《はなし》しなすったわ、……」

「それから彗星《ほうきぼし》がギーギーフーギーギーフーて言《い》って来《き》

たねえ」

「いやだわ、たあちゃん、そうじゃないわよ。それはべつの方《ほう》だわ」

「するとあすこにいま笛《ふえ》を吹《ふ》いているんだろうか」

「いま海《うみ》へ行《い》ってらあ」

「いけないわよ。もう海《うみ》からあがっていらっしゃったのよ」

「そうそう。ぼく知《ぼく》ってらあ、ぼくおはなししよう」

川《かわ》の向《む》こう岸《ぎし》がにわかに赤《あか》くなりました。楊《やなぎ》の木《き》や何《なに》かもまっ黒《くろ》にすかし出《だ》され、見《み》えない天《あま》の川《がわ》の波《なみ》も、ときどきちらちら針《はり》のように赤《あか》く光《ひか》りました。まったく向《む》こう岸《ぎし》の野原《のはら》に大《おお》きなまっ赤《か》な火《ひ》が燃《も》やされ、その黒《くろ》いけむりは高《たか》く桔梗《ききょう》いろのつめたそうな天《てん》をも焦《こ》がしそうでした。ルビーよりも赤《あか》くすきとおり、リチウムよりもうつくしく酔《よ》ったようになって、その火《ひ》は燃《も》えているのでした。

「あれはなんの火《ひ》だろう。あんな赤《あか》く光《ひか》る火《ひ》は何《なに》を燃《も》やせばできるんだろう」ジョバンニが言《い》いました。

「蠍《さそり》の火《ひ》だな」カムパネルラがまた地図《ちず》と首《くび》っぴきして答《こた》えました。

「あら、蠍《さそり》の火《ひ》のことならあたし知《し》ってるわ」

「蠍《さそり》の火《ひ》ってなんだい」ジョバンニがききました。

「蠍《さそり》がやけて死《し》んだのよ。その火《ひ》がいまでも燃《も》えてるって、あたし何《なん》べんもお父《とう》さんから聴《き》いたわ」

「蠍《さそり》って、虫《むし》だろう」

「ええ、蠍《さそり》は虫《むし》よ。だけどいい虫《むし》だわ」

「蠍《さそり》いい虫《むし》じゃないよ。僕博物館《ぼくはくぶつかん》でアルコールにつけてあるの見《み》た。尾《お》にこんなかぎがあってそれで螫《さ》されると死《し》ぬって先生《せんせい》が言《い》ってたよ」

「そうよ。だけどいい虫《むし》だわ、お父《とう》さんこう言《い》ったのよ。むかしのバルドラの野原《のはら》に一《いっ》ぴきの蠍《さそり》がいて小《ちい》さな虫《むし》やなんか殺《ころ》してたべて生《い》きていたんですって。するとある日《ひ》いたちに見《み》つかって食《た》べられそうになったんですって。さそりは一生《いっしょう》けん命《めい》にげてにげたけど、とうとういたちに押《おさ》えられそうになったわ、そのときいきなり前《まえ》に井戸《いど》があってその中《なか》に落《お》ちてしまったわ、もうどうしてもあがられないで、さそりはおぼれはじめたのよ。そのときさそりはこう言《い》ってお祈《いの》りしたというの。

ああ、わたしはいままで、いくつのものの命《いのち》をとったかわからない、そしてその私《わたし》がこんどいたちにとられようとしたときはあんなに一生《いっしょう》けん命《めい》にげた。それでもとうとうこんなになってしまった。ああなんにもあてにならない。どうしてわたしはわたしのからだを、だまっていたちにくれてやらなかったろう。そしたらいたちも一日《いちにち》生《い》きのびたろうに。どうか神《かみ》さま。私《わたし》の心《こころ》をごらんください。こんなにむなしく命《いのち》をすてず、どうかこの次《つぎ》には、まことのみんなの幸《さいわい》のために私《わたし》のからだをおつかいください。って言《い》ったというの。

そしたらいつか蠍《さそり》はじぶんのからだが、まっ赤《か》なうつくしい火《ひ》になって燃《も》えて、よるのやみを照《て》らしているのを見《み》たって。いまでも燃《も》えてるってお父《とう》さんおっしゃったわ。ほんとうにあの火《ひ》、それだわ」

「そうだ。見《み》たまえ。そこらの三角標《さんかくひょう》はちょうどさそりの形《かたち》にならんでいるよ」

ジョバンニはまったくその大きな火《ひ》の向《む》こうに三《みっ》つの三角標《さんかくひょう》が、ちょうどさそりの腕《うで》のように、こっちに五《いつ》つの三角標《さんかくひょう》がさそりの尾《お》やかぎのようにならんでいるのを見《み》ました。そしてほんとうにそのまっ赤《か》なうつくしいさそりの火《ひ》は音《おと》なくあかるくあかるく燃《も》えたのです。

その火《ひ》がだんだんうしろの方《ほう》になるにつれて、みんなはなんとも言《い》えずにぎやかな、さまざまの楽《がく》の音《ね》や草花《くさばな》のにおいのようなもの、口笛《くちぶえ》や人々《ひとびと》のざわざわ言《い》う声《こえ》やらを聞《き》きました。それはもうじきちかくに町《まち》か何《なに》かがあって、そこにお祭《まつ》りでもあるというような気《き》がするのでした。

「ケンタウル露《つゆ》をふらせ」いきなりいままで睡《ねむ》っていた

ジョバンニのとなりの男《おとこ》の子《こ》が向《む》こうの窓《まど》を見《み》ながら叫《さけ》んでいました。

ああそこにはクリスマストリイのようにまっ青《さお》な唐檜《とうひ》かもみの木《き》がたって、その中《なか》にはたくさんのたくさんの豆電燈《まめでんとう》がまるで千《せん》の蛍《ほたる》でも集《あつ》まったようについていました。

「ああ、そうだ、今夜《こんや》ケンタウル祭《さい》だねえ」

「ああ、ここはケンタウルの村《むら》だよ」カムパネルラがすぐ言《い》いました。

（此《こ》の間《あいだ》原稿《げんこう》なし）

「ボール投《な》げなら僕《ぼく》決《けっ》してはずさない」

男《おとこ》の子《こ》が大《おお》いばりで言《い》いました。

「もうじきサウザンクロスです。おりるしたくをしてください」青年《せいねん》がみんなに言《い》いました。

「僕《ぼく》、も少《すこ》し汽車《きしゃ》に乗《の》ってるんだよ」男《おとこ》の子《こ》が言《い》いました。

カムパネルラのとなりの女《おんな》の子《こ》はそわそわ立《た》ってしたくをはじめましたけれどもやっぱりジョバンニたちとわかれたくないようなようすでした。

「ここでおりなけぁいけないのです」青年《せいねん》はきちっと口《くち》を結《むす》んで男《おとこ》の子《こ》を見《み》おろしながら言《い》いました。

「厭《いや》だい。僕《ぼく》もう少《すこ》し汽車《きしゃ》へ乗《の》ってから行《い》くんだい」

ジョバンニがこらえかねて言《い》いました。

「僕《ぼく》たちといっしょに乗《の》って行《い》こう。僕《ぼく》たちどこまでだって行《い》ける切符《きっぷ》持《も》ってるんだ」

「だけどあたしたち、もうここで降《お》りなけぁいけないのよ。ここ天上《てんじょう》へ行《い》くとこなんだから」

女《おんな》の子《こ》がさびしそうに言《い》いました。

「天上《てんじょう》へなんか行《い》かなくたっていいじゃないか。ぼくたちここで天上《てんじょう》よりももっといいとこをこさえなけぁいけないって僕《ぼく》の先生《せんせい》が言《い》ったよ」

「だっておっ母《か》さんも行《い》ってらっしゃるし、それに神《かみ》さまがおっしゃるんだわ」

「そんな神《かみ》さまうその神《かみ》さまだい」

「あなたの神《かみ》さまうその神《かみ》さまよ」

「そうじゃないよ」

「あなたの神《かみ》さまってどんな神《かみ》さまですか」青年《せいねん》は笑《わら》いながら言《い》いました。

「ぼくほんとうはよく知《し》りません。けれどもそんなんでなしに、ほんとうのたった一人《ひとり》の神《かみ》さまです」

「ほんとうの神《かみ》さまはもちろんたった一人《ひとり》です」

「ああ、そんなんでなしに、たったひとりのほんとうのほんとうの神《かみ》さまです」

「だからそうじゃありませんか。わたくしはあなた方《がた》がいまにそのほんとうの神《かみ》さまの前《まえ》に、わたくしたちとお会《あ》いになることを祈《いの》ります」青年《せいねん》はつつましく両手《りょうて》を組《く》みました。

女《おんな》の子《こ》もちょうどその通《とお》りにしました。みんなほんとうに別《わか》れが惜《お》しそうで、その顔《かお》いろも少《すこ》し青《あお》ざめて見《み》えました。ジョバンニはあぶなく声《こえ》をあげて泣《な》き出《だ》そうとしました。

「さあもうしたくはいいんですか。じきサウザンクロスですから」

ああそのときでした。見《み》えない天《あま》の川《がわ》のずうっと川下《かわしも》に青《あお》や橙《だいだい》や、もうあらゆる光《ひかり》でちりばめられた十字架《じゅうじか》が、まるで一本《いっぽん》の木《き》というふうに川《かわ》の中《なか》から立《た》ってかがやき、その上《うえ》には青《あお》じろい雲《くも》がまるい環《わ》になって後光《ごこう》のようにかかっているのでした。汽車《きしゃ》の中《なか》がまるでざわざわしました。みんなあの北《きた》の十字《じゅうじ》のときのようにまっすぐに立《た》ってお祈《いの》りをはじめました。あっちにもこっちにも子供《こども》が瓜《うり》に飛《と》びついたときのようなよろこびの声《こえ》や、なんとも言《い》いようない深《ふか》いつつましいためいきの音《おと》ばかりきこえました。そしてだんだん十字架《じゅうじか》は窓《まど》の正面《しょうめん》になり、あの苹果《りんご》の肉《にく》のような青《あお》じろい環《わ》の雲《くも》も、ゆるやかにゆるやかに繞《めぐ》っているのが見《み》えました。

「ハレルヤ、ハレルヤ」明《あか》るくたのしくみんなの声《こえ》はひびき、みんなはそのそらの遠《とお》くから、つめたいそらの遠《とお》くから、すきとおったなんとも言《い》えずさわやかなラッパの声《こえ》をききました。そしてたくさんのシグナルや電燈《でんとう》の灯《あかり》のなかを汽車《きしゃ》はだんだんゆるやかになり、とうとう十字架《じゅうじか》のちょうどま向《む》かいに行《い》ってすっかりとまりました。

「さあ、おりるんですよ」青年《せいねん》は男《おとこ》の子《こ》の手《て》をひき姉《あね》は互《たが》いにえりや肩《かた》をなおしてやってだんだん向《む》こうの出口《でぐち》の方《ほう》へ歩《ある》き出《だ》しました。

「じゃさよなら」女《おんな》の子《こ》がふりかえって二人《ふたり》に言《い》いました。

「さよなら」ジョバンニはまるで泣《な》き出《だ》したいのをこらえておこったようにぶっきらぼうに言《い》いました。

女《おんな》の子《こ》はいかにもつらそうに眼《め》を大《おお》きくして、も一度《いちど》こっちをふりかえって、それからあとはもうだまって出《で》て行《い》ってしまいました。汽車《きしゃ》の中《なか》はもう半分以上《はんぶんいじょう》も空《す》いてしまいにわかにがらんとして、さびしくなり風《かぜ》がいっぱいに吹《ふ》き込《こ》みました。

そして見《み》ているとみんなはつつましく列《れつ》を組《く》んで、あの十字架《じゅうじか》の前《まえ》の天《あま》の川《がわ》のなぎさにひざまずいていました。そしてその見《み》えない天《あま》の川《がわ》の水《みず》をわたって、ひとりのこうごうしい白《しろ》いきものの人《ひと》が手《て》をのばしてこっちへ来《く》るのを二人《ふたり》は見《み》ました。けれどもそのときはもう硝子《ガラス》の呼《よ》び子《こ》は鳴《な》らされ汽車《きしゃ》はうごきだし、と思《おも》ううちに銀《ぎん》いろの霧《きり》が川下《かわしも》の方《ほう》から、すうっと流《なが》れて来《き》て、もうそっちは何《なに》も見《み》えなくなりました。ただたくさんのくるみの木《き》が葉《は》をさんさんと光《ひか》らしてその霧《きり》の中《なか》に立《た》ち、黄金《きん》の円光《えんこう》をもった電気栗鼠《でんきりす》が可愛《かわい》い顔《かお》をその中《なか》からちらちらのぞいているだけでした。

そのとき、すうっと霧《きり》がはれかかりました。どこかへ行《い》く街道《かいどう》らしく小《ちい》さな電燈《でんとう》の一列《いちれつ》についた通《とお》りがありました。それはしばらく線路《せんろ》に沿《そ》って進《すす》んでいました。そして二人《ふたり》がそのあかしの前《まえ》を通《とお》って行《い》くときは、その小《ちい》さな豆《まめ》いろの火《ひ》はちょうどあいさつでもするようにぽかっと消《き》え、二人《ふたり》が過《す》ぎて行《い》くときまた点《つ》くのでした。

ふりかえって見《み》ると、さっきの十字架《じゅうじか》はすっかり小《ちい》さくなってしまい、ほんとうにもうそのまま胸《むね》にもつるされそうになり、さっきの女《おんな》の子《こ》や青年《せいねん》たちがその前《まえ》の白《しろ》い渚《なぎさ》にまだひざまずいているのか、それともどこか方角《ほうがく》もわからないその天上《てんじょう》へ行《い》ったのか、ぼんやりして見分《みわ》けられませんでした。

ジョバンニは、ああ、と深《ふか》く息《いき》しました。

「カムパネルラ、また僕《ぼく》たち二人《ふたり》きりになったねえ、どこまでもどこまでもいっしょに行《い》こう。僕《ぼく》はもう、あのさそりのように、ほんとうにみんなの幸《さいわい》のためならば僕《ぼく》のからだなんか百《ひゃっ》ぺん灼《や》いてもかまわない」

「うん。僕《ぼく》だってそうだ」カムパネルラの眼《め》にはきれいな涙《なみだ》がうかんでいました。

「けれどもほんとうのさいわいはいったいなんだろう」

ジョバンニが言《い》いました。

「僕《ぼく》わからない」カムパネルラがぼんやり言《い》いました。

「僕《ぼく》たちしっかりやろうねえ」ジョバンニが胸《むね》いっぱい新《あたら》しい力《ちから》が湧《わ》くように、ふうと息《いき》をしながら言《い》いました。

「あ、あすこ石炭袋《せきたんぶくろ》だよ。そらの孔《あな》だよ」カムパネルラが少《すこ》しそっちを避《さ》けるようにしながら天《あま》の川《がわ》のひとところを指《ゆび》さしました。

ジョバンニはそっちを見《み》て、まるでぎくっとしてしまいました。天《あま》の川《がわ》の一《ひと》とこに大《おお》きなまっくらな孔《あな》が、どおんとあいているのです。その底《そこ》がどれほど深《ふか》いか、その奥《おく》に何《なに》があるか、いくら眼《め》をこすってのぞいてもなんにも見《み》えず、ただ眼《め》がしんしんと痛《いた》むのでした。ジョバンニが言《い》いました。

「僕《ぼく》もうあんな大《おお》きな暗《やみ》の中《なか》だってこわくない。きっとみんなのほんとうのさいわいをさがしに行《い》く。どこまでもどこまでも僕《ぼく》たちいっしょに進《すす》んで行《い》こう」

「ああきっと行《い》くよ。ああ、あすこの野原《のはら》はなんてきれいだろう。みんな集《あつ》まってるねえ。あすこがほんとうの天上《てんじょう》なんだ。あっ、あすこにいるのはぼくのお母《かあ》さんだよ」

カムパネルラはにわかに窓《まど》の遠《とお》くに見《み》えるきれいな野原《のはら》を指《さ》して叫《さけ》びました。

ジョバンニもそっちを見《み》ましたけれども、そこはぼんやり白《しろ》くけむっているばかり、どうしてもカムパネルラが言《い》ったように思《おも》われませんでした。

なんとも言《い》えずさびしい気《き》がして、ぼんやりそっちを見《み》ていましたら、向《む》こうの河岸《かわぎし》に二本《にほん》の電信《でんしん》ばしらが、ちょうど両方《りょうほう》から腕《うで》を組《く》んだように赤《あか》い腕木《うでぎ》をつらねて立《た》っていました。

「カムパネルラ、僕《ぼく》たちいっしょに行《い》こうねえ」ジョバンニがこう言《い》いながらふりかえって見《み》ましたら、そのいままでカムパネルラのすわっていた席《せき》に、もうカムパネルラの形《かたち》は見《み》えず、ただ黒《くろ》いびろうどばかりひかっていました。ジョバンニはまるで鉄砲丸《てっぽうだま》のように立《た》ちあがりました。そして誰《だれ》にも聞《き》こえないように窓《まど》の外《そと》へからだを乗《の》り出《だ》して、力《ちから》いっぱいはげしく胸《むね》をうって叫《さけ》び、それからもう咽喉《のど》いっぱい泣《な》きだしました。

もうそこらが一《いっ》ぺんにまっくらになったように思《おも》いました。そのとき、

「おまえはいったい何《なに》を泣《な》いているの。ちょっとこっちをごらん」いままでたびたび聞《き》こえた、あのやさしいセロのような声《こえ》が、ジョバンニのうしろから聞《き》こえました。

ジョバンニは、はっと思《おも》って涙《なみだ》をはらってそっちをふり向《む》きました、さっきまでカムパネルラのすわっていた席《せき》に黒《くろ》い大《おお》きな帽子《ぼうし》をかぶった青白《あおじろ》い顔《かお》のやせた大人《おとな》が、やさしくわらって大《おお》きな一冊《いっさつ》の本《ほん》をもっていました。

「おまえのともだちがどこかへ行《い》ったのだろう。あのひとはね、ほんとうにこんや遠《とお》くへ行《い》ったのだ。おまえはもうカムパネルラをさがしてもむだだ」

「ああ、どうしてなんですか。ぼくはカムパネルラといっしょにまっすぐに行《い》こうと言《い》ったんです」

「ああ、そうだ。みんながそう考《かんが》える。けれどもいっしょに行《い》けない。そしてみんながカムパネルラだ。おまえがあうどんなひとでも、みんな何《なん》べんもおまえといっしょに苹果《りんご》をたべたり汽車《きしゃ》に乗《の》ったりしたのだ。だからやっぱりおまえはさっき考《かんが》えたように、あらゆるひとのいちばんの幸福《こうふく》をさがし、みんなといっしょに早《はや》くそこに行《い》くがいい、そこでばかりおまえはほんとうにカムパネルラといつまでもいっしょに行《い》けるのだ」

「ああぼくはきっとそうします。ぼくはどうしてそれをもとめたらいいでしょう」

「ああわたくしもそれをもとめている。おまえはおまえの切符《きっぷ》をしっかりもっておいで。そして一《いっ》しんに勉強《べんきょう》しなけぁいけない。おまえは化学《かがく》をならったろう、水《みず》は酸素《さんそ》と水素《すいそ》からできているということを知《し》っている。いまはだれだってそれを疑《うたが》やしない。実験《じっけん》してみるとほんとうにそうなんだから。けれども昔《むかし》はそれを水銀《すいぎん》と塩《しお》でできていると言《い》ったり、水銀《すいぎん》と硫黄《いおう》でできていると言《い》ったりいろいろ議論《ぎろん》したのだ。みんながめいめいじぶんの神《かみ》さまがほんとうの神《かみ》さまだというだろう、けれどもお互《たが》いほかの神《かみ》さまを信《しん》ずる人《ひと》たちのしたことでも涙《なみだ》がこぼれるだろう。それからぼくたちの心《こころ》がいいとかわるいとか議論《ぎろん》するだろう。そして勝負《しょうぶ》がつかないだろう。けれども、もしおまえがほんとうに勉強《べんきょう》して実験《じっけん》でちゃんとほんとうの考《かんが》えと、うその考《かんが》えとを分《わ》けてしまえば、その実験《じっけん》の方法《ほうほう》さえきまれば、もう信仰《しんこう》も化学《かがく》と同《おな》じようになる。けれども、ね、ちょっとこの本《ほん》をごらん、いいかい、これは地理《ちり》と歴史《れきし》の辞典《じてん》だよ。この本《ほん》のこの頁《ページ》はね、紀元前二千二百年《きげんぜんにせんにひゃくねん》の地理《ちり》と歴史《れきし》が書《か》いてある。よくごらん、紀元前二千二百年《きげんぜんにせんにひゃくねん》のことでないよ、紀元前二千二百年《きげんぜんにせんにひゃくねん》のころにみんなが考《かん》えていた地理《ちり》と歴史《れきし》というものが書《か》いてある。

だからこの頁一《ページひと》つが一冊《いっさつ》の地歴《ちれき》の本《ほん》にあたるんだ。いいかい、そしてこの中《なか》に書《か》いてあることは紀元前二千二百年《きげんぜんにせんにひゃくねん》ころにはたいていい本当《ほんとう》だ。さがすと証拠《しょうこ》もぞくぞく出《で》ている。けれどもそれが少《すこ》しどうかなとこう考《かんが》えだしてごらん、そら、それは次《つぎ》の頁《ページ》だよ。

紀元前一千年《きげんぜんいっせんねん》。だいぶ、地理《ちり》も歴史《れきし》も変《か》わってるだろう。このときにはこうなのだ。変《へん》な顔《かお》をしてはいけない。ぼくたちはぼくたちのからだだって考《かんが》えだって、天《あま》の川《がわ》だって汽車《きしゃ》だって歴史《れきし》だって、ただそう感《かん》じているのなんだから、そらごらん、ぼくといっしょにすこしこころもちをしずかにしてごらん。いいか」

そのひとは指《ゆび》を一本《いっぽん》あげてしずかにそれをおろしました。するといきなりジョバンニは自分《じぶん》というものが、じぶんの考《かんが》えというものが、汽車《きしゃ》やその学者《がくしゃ》や天《あま》の川《がわ》や、みんないっしょにぽかっと光《ひか》って、しいんとなくなって、ぽかっとともってまたなくなって、そしてその一《ひと》つがぽかっとともると、あらゆる広《ひろ》い世界《せかい》ががらんとひらけ、あらゆる歴史《れきし》がそなわり、すっと消《き》えると、もうがらんとした、ただもうそれっきりになってしまうのを見《み》ました。だんだんそれが早《はや》くなって、まもなくすっかりもとのとおりになりました。

「さあいいか。だからおまえの実験《じっけん》は、このきれぎれの考《かんが》えのはじめから終《お》わりすべてにわたるようでなければいけない。それがむずかしいことなのだ。けれども、もちろんそのときだけのでもいいのだ。ああごらん、あすこにプレシオスが見《み》える。おまえはあのプレシオスの鎖《くさり》を解《と》かなければならない」

そのときまっくらな地平線《ちへいせん》の向《む》こうから青《あお》じろいのろしが、まるでひるまのようにうちあげられ、汽車《きしゃ》の中《なか》はすっかり明《あか》るくなりました。そしてのろしは高《たか》くそらにかかって光《ひか》りつづけました。

「ああマジェランの星雲《せいうん》だ。さあもうきっと僕《ぼく》は僕《ぼく》のために、僕《ぼく》のお母《かあ》さんのために、カムパネルラのために、みんなのために、ほんとうのほんとうの幸福《こうふく》をさがすぞ」

ジョバンニは唇《くちびる》を噛《か》んで、そのマジェランの星雲《せいうん》をのぞんで立《た》ちました。そのいちばん幸福《こうふく》なそのひとのために！

「さあ、切符《きっぷ》をしっかり持《も》っておいで。お前《まえ》はもう夢《ゆめ》の鉄道《てつどう》の中《なか》でなしにほんとうの世界《せかい》の火《ひ》やはげしい波《なみ》の中《なか》を大股《おおまた》にまっすぐに歩《ある》いて行《い》かなければいけない。天《あま》の川《がわ》のなかでたった一《ひと》つの、ほんとうのその切符《きっぷ》を決《けっ》しておまえはなくしてはいけない」

あのセロのような声《こえ》がしたと思《おも》うとジョバンニは、あの天《あま》の川《がわ》がもうまるで遠《とお》く遠《とお》くなって風《かぜ》が吹《ふ》き自分《じぶん》はまっすぐに草《くさ》の丘《おか》に立《た》っているのを見《み》、また遠《とお》くからあのブルカニロ博士《はかせ》の足《あし》おとのしずかに近《ちか》づいて来《く》るのをききました。

「ありがとう。私《わたし》はたいへんいい実験《じっけん》をした。私《わたし》はこんなしずかな場所《ばしょ》で遠《とお》くから私《わたし》の考《かんが》えを人《ひと》に伝《つた》える実験《じっけん》をしたいとさっき考《かんが》えていた。お前《まえ》の言《い》った語《ことば》はみんな私《わたし》の手帳《てちょう》にとってある。さあ帰《かえ》っておやすみ。お前《まえ》は夢《ゆめ》の中《なか》で決心《けっしん》したとおりまっすぐに進《すす》んで行《い》くがいい。そしてこれからなんでもいつでも私《わたし》のとこへ相談《そうだん》においでなさい」

「僕《ぼく》きっとまっすぐに進《すす》みます。きっとほんとうの幸福《こうふく》を求《もと》めます」ジョバンニは力強《ちからづよ》く言《い》いました。

「ああではさよなら。これはさっきの切符《きっぷ》です」博士《はかせ》は小《ちい》さく折《お》った緑《みどり》いろの紙《かみ》をジョバンニのポケットに入《い》れました。そしてもうそのかたちは天気輪《てんきりん》の柱《はしら》の向《む》こうに見《み》えなくなっていました。

ジョバンニはまっすぐに走《はし》って丘《おか》をおりました。

そしてポケットがたいへん重《おも》くカチカチ鳴《な》るのに気《き》がつ

きました。林《はやし》の中《なか》でとまってそれをしらべてみましたら、あの緑《みどり》いろのさっき夢《ゆめ》の中《なか》で見《み》たあやしい天《てん》の切符《きっぷ》の中《なか》に大《おお》きな二枚《にまい》の金貨《きんか》が包《つつ》んでありました。

「博士《はかせ》ありがとう、おっかさん。すぐ乳《ちち》をもって行《い》きますよ」

ジョバンニは叫《さけ》んでまた走《はし》りはじめました。何《なに》かいろいろのものが一《いっ》ぺんにジョバンニの胸《むね》に集《あつ》まってなんとも言《い》えずかなしいような新《あたら》しいような気《き》がするのでした。

琴《こと》の星《ほし》がずうっと西《にし》の方《ほう》へ移《うつ》ってそしてまた夢《ゆめ》のように足《あし》をのばしていました。

ジョバンニは眼《め》をひらきました。もとの丘《おか》の草《くさ》の中《なか》につかれてねむっていたのでした。胸《むね》はなんだかおかしく熱《ほて》り、頬《ほお》にはつめたい涙《なみだ》がながれていました。

ジョバンニはばねのようにはね起《お》きました。町《まち》はすっかりさっきの通《とお》りに下《した》でたくさんの灯《あかり》を綴《つづ》ってはいましたが、その光《ひかり》はなんだかさっきよりは熱《ねっ》したというふうでした。

そしてたったいま夢《ゆめ》であるいた天《あま》の川《がわ》もやっぱりさっきの通《とお》りに白《しろ》くぼんやりかかり、まっ黒《くろ》な南《みなみ》の地平線《ちへいせん》の上《うえ》ではことにけむったようになって、その右《みぎ》には蠍座《さそりざ》の赤《あか》い星《ほし》がうつくしくきらめき、そらぜんたいの位置《いち》はそんなに変《か》わってもいないようでした。

ジョバンニはいっさんに丘《おか》を走《はし》って下《お》りました。まだ夕《ゆう》ごはんをたべないで待《ま》っているお母《かあ》さんのことが胸《むね》いっぱいに思《おも》いだされたのです。どんどん黒《くろ》い松《まつ》の林《はやし》の中《なか》を通《とお》って、それからほの白《しろ》い牧場《ぼくじょう》の柵《さく》をまわって、さっきの入口《いりぐち》から暗《くら》い牛舎《ぎゅうしゃ》の前《まえ》へまた来《き》ました。そこには誰《だれ》かがいま帰《かえ》ったらしく、さっきなかった一《ひと》つの車《くるま》が何《なに》かの樽《たる》を二《ふた》つ載《の》っけて置《お》いてありました。

「今晩《こんばん》は」ジョバンニは叫《さけ》びました。

「はい」白《しろ》い太《ふと》いずぼんをはいた人《ひと》がすぐ出《で》て来《き》て立《た》ちました。

「なんのご用《よう》ですか」

「今日牛乳《きょうぎゅうにゅう》がぼくのところへ来《こ》なかったのですが」

「あ、済《す》みませんでした」その人《ひと》はすぐ奥《おく》へ行《い》って一本《いっぽん》の牛乳瓶《ぎゅうにゅうびん》をもって来《き》てジョバンニに渡《わた》しながら、また言《い》いました。

「ほんとうに済《す》みませんでした。今日《きょう》はひるすぎ、うっかりしてこうしの柵《さく》をあけておいたもんですから、大将《たいしょう》さっそく親牛《おやうし》のところへ行《い》って半分《はんぶん》ばかりのんでしまいましてね……」その人《ひと》はわらいました。

「そうですか。ではいただいて行《い》きます」

「ええ、どうも済《す》みませんでした」

「いいえ」

ジョバンニはまだ熱《あつ》い乳《ちち》の瓶《びん》を両方《りょうほう》のてのひらで包《つつ》むようにもって牧場《ぼくじょう》の柵《さく》を出《で》ました。

そしてしばらく木《き》のある町《まち》を通《とお》って大通《おおどお》りへ出《で》てまたしばらく行《い》きますとみちは十文字《じゅうもんじ》になって、その右手《みぎて》の方《ほう》、通《とお》りのはずれにさっきカムパネルラたちのあかりを流《なが》しに行《い》った川《かわ》へかかった大《おお》きな橋《はし》のやぐらが夜《よる》のそらにぼんやり立《た》っていました。

ところがその十字《じゅうじ》になった町《まち》かどや店《みせ》の前《まえ》に女《おんな》たちが七《しち》、八人《はちにん》ぐらいずつ集《あつ》まって橋《はし》の方《ほう》を見《み》ながら何《なに》かひそひそ談《はな》しているのです。それから橋《はし》の上《うえ》にもいろいろなあかりがいっぱいなのでした。

ジョバンニはなぜかさあっと胸《むね》が冷《つめ》たくなったように思《おも》いました。そしていきなり近《ちか》くの人《ひと》たちへ、

「何《なに》かあったんですか」と叫《さけ》ぶようにききました。

「こどもが水《みず》へ落《お》ちたんですよ」一人《ひとり》が言《い》いますと、その人《ひと》たちは一斉《いっせい》にジョバンニの方《ほう》を見《み》ました。ジョバンニはまるで夢中《むちゅう》で橋《はし》の方《ほう》へ走《はし》りました。橋《はし》の上《うえ》は人《ひと》でいっぱいで河《かわ》が見《み》えませんでした。白《しろ》い服《ふく》を着《き》た巡査《じゅんさ》も出《で》ていました。

ジョバンニは橋《はし》の袂《たもと》から飛《と》ぶように下《した》の広《ひろ》い河原《かわら》へおりました。

その河原《かわら》の水《みず》ぎわに沿《そ》ってたくさんのあかりがせわしくのぼったり下《くだ》ったりしていました。向《む》こう岸《ぎし》の暗《くら》いどてにも火《ひ》が七《なな》つ八《やっ》つうごいていました。そのまん中《なか》をもう烏瓜《からすうり》のあかりもない川《かわ》が、わずかに音《おと》をたてて灰《はい》いろにしずかに流《なが》れていたのでした。

河原《かわら》のいちばん下流《かりゅう》の方《ほう》へ洲《す》のようになって出《で》たところに人《ひと》の集《あつ》まりがくっきりまっ黒《くろ》に立《た》っていました。ジョバンニはどんどんそっちへ走《はし》りました。するとジョバンニはいきなりさっきカムパネルラといっしょだったマルソに会《あ》いました。マルソがジョバンニに走《はし》り寄《よ》って言《い》いました。

「ジョバンニ、カムパネルラが川《かわ》へはいったよ」

「どうして、いつ」

「ザネリがね、舟《ふね》の上《うえ》から烏《からす》うりのあかりを水《みず》の流《なが》れる方《ほう》へ押《お》してやろうとしたんだ。そのとき舟《ふね》がゆれたもんだから水《みず》へ落《お》っこったろう。するとカムパネルラがすぐ飛《と》びこんだんだ。そしてザネリを舟《ふね》の方《ほう》へ押《お》してよこした。ザネリはカトウにつかまった。けれどもあとカムパネルラが見《み》えないんだ」

「みんなさがしてるんだろう」

「ああ、すぐみんな来《き》た。カムパネルラのお父《とう》さんも来《き》た。けれども見《み》つからないんだ。ザネリはうちへ連《つ》れられてった」

ジョバンニはみんなのいるそっちの方《ほう》へ行《い》きました。そこに学生《がくせい》たちや町《まち》の人《ひと》たちに囲《かこ》まれて青《あお》じろいとがったあごをしたカムパネルラのお父《とう》さんが黒《くろ》い服《ふく》を着《き》てまっすぐに立《た》って左手《ひだりて》に時計《とけい》を持《も》ってじっと見《み》つめていたのです。

みんなもじっと河《かわ》を見《み》ていました。誰《だれ》も一言《ひとこと》も物《もの》を言《い》う人《ひと》もありませんでした。ジョバンニはわくわくわくわく足《あし》がふるえました。魚《さかな》をとるときのアセチレンランプがたくさんせわしく行《い》ったり来《き》たりして、黒《くろ》い川《かわ》の水《みず》はちらちら小《ち》さな波《なみ》をたてて流《なが》れているのが見《み》えるのでした。

下流《かりゅう》の方《ほう》の川《かわ》はばいっぱい銀河《ぎんが》が巨《おお》きく写《うつ》って、まるで水《みず》のないそのままのそらのように見《み》えました。

ジョバンニは、そのカムパネルラはもうあの銀河《ぎんが》のはずれにしかいないというような気《き》がしてしかたなかったのです。

けれどもみんなはまだ、どこかの波《なみ》の間《あいだ》から、「ぼくずいぶん泳《およ》いだぞ」と言《い》いながらカムパネルラが出《で》て来《く》るか、あるいはカムパネルラがどこかの人《ひと》の知《し》らない洲《す》にでも着《つ》いて立《た》っていて誰《だれ》かの来《く》るのを待《ま》っているかというような気《き》がしてしかたないらしいのでした。けれどもにわかにカムパネルラのお父《とう》さんがきっぱり言《い》いました。

「もう駄目《だめ》です。落《お》ちてから四十五分《よんじゅうごふん》たちましたから」

ジョバンニは思《おも》わずかけよって博士《はかせ》の前《まえ》に立《た》って、ぼくはカムパネルラの行《い》った方《ほう》を知《し》っています、ぼくはカムパネルラといっしょに歩《ある》いていたのです、と言《い》おうとしましたが、もうのどがつまってなんとも言《い》えませんでした。すると博士《はかせ》はジョバンニがあいさつに来《き》たとでも思《おも》ったものですか、しばらくしげしげジョバンニを見《み》ていましたが、

「あなたはジョバンニさんでしたね。どうも今晩《こんばん》はありがとう」とていねいに言《い》いました。

ジョバンニは何《なに》も言《い》えずにただおじぎをしました。

「あなたのお父《とう》さんはもう帰《かえ》っていますか」博士《はかせ》は堅《かた》く時計《とけい》を握《にぎ》ったまま、またききました。

「いいえ」ジョバンニはかすかに頭《あたま》をふりました。

「どうしたのかなあ、ぼくには一昨日《おととい》たいへん元気《げんき》な便《たよ》りがあったんだが。今日《きょう》あたりもう着《つ》くころなんだが。船《ふね》が遅《おく》れたんだな。ジョバンニさん。あした放課後《ほうかご》みなさんとうちへ遊《あそ》びに来《き》てくださいね」

そう言《い》いながら博士《はかせ》はまた、川下《かわしも》の銀河《ぎんが》のいっぱいにうつった方《ほう》へじっと眼《め》を送《おく》りました。

ジョバンニはもういろいろなことで胸《むね》がいっぱいで、なんにも言《い》えずに博士《はかせ》の前《まえ》をはなれて、早《はや》くお母《かあ》さんに牛乳《ぎゅうにゅう》を持《も》って行《い》って、お父《とう》さんの帰《かえ》ることを知《し》らせようと思《おも》うと、もういちもくさんに河原《かわら》を街《まち》の方《ほう》へ走《はし》りました。

# グスコーブドリの伝記《でんき》

# 一　森《もり》

グスコーブドリは、イーハトーヴの大《おお》きな森《もり》のなかに生《う》まれました。おとうさんは、グスコーナドリという名高《なだか》い木《き》こりで、どんな大《おお》きな木《き》でも、まるで赤《あか》ん坊《ぼう》を寝《ね》かしつけるようにわけなく切《き》ってしまう人《ひと》でした。

ブドリにはネリという妹《いもうと》があって、二人《ふたり》は毎日森《まいにちもり》で遊《あそ》びました。ごしっごしっとおとうさんの木《き》を挽《ひ》く音《おと》が、やっと聞《き》こえるくらいな遠《とお》くへも行《い》きました。二人《ふたり》はそこで木《き》いちごの実《み》をとってわき水《みず》につけたり、空《そら》を向《む》いてかわるがわる山鳩《やまばと》の鳴《な》くまねをしたりしました。するとあちらでもこちらでも、ぽう、ぽう、と鳥《とり》が眠《ねむ》そうに鳴《な》き出《だ》すのでした。

おかあさんが、家《いえ》の前《まえ》の小《ちい》さな畑《はたけ》に麦《むぎ》を播《ま》いているときは、二人《ふたり》はみちにむしろをしいてすわって、ブリキかんで蘭《らん》の花《はな》を煮《に》たりしました。するとこんどは、もういろいろの鳥《とり》が、二人《ふたり》のぱさぱさした頭《あたま》の上《うえ》を、まるで挨拶《あいさつ》するように鳴《な》きながらざあざあざあざあ通《とお》りすぎるのでした。

ブドリが学校《がっこう》へ行《い》くようになりますと、森《もり》はひるの間《あいだ》たいへんさびしくなりました。そのかわりひるすぎには、ブドリはネリといっしょに、森《もり》じゅうの木《き》の幹《みき》に、赤《あか》い粘土《ねんど》や消《け》し炭《すみ》で、木《き》の名《な》を書《か》いてあるいたり、高《たか》く歌《うた》ったりしました。
ホップのつるが、両方《りょうほう》からのびて、門《もん》のようになってい
る白樺《しらかば》の木《き》には、
「カッコウドリ、トオルベカラズ」と書《か》いたりもしました。
そして、ブドリは十《とう》になり、ネリは七《なな》つになりました。
ところがどういうわけですか、その年《とし》は、お日《ひ》さまが春《はる》か
ら変《へん》に白《しろ》くて、いつもなら雪《ゆき》がとけるとまもなく、まっし
ろな花《はな》をつけるこぶしの木《き》もまるで咲《さ》かず、五月《ごがつ》になって
もたびたび霙《みぞれ》がぐしゃぐしゃ降《ふ》り、七月《しちがつ》の末《すえ》になっても
いっこうに暑《あつ》さが来《こ》ないために、去年播《きょねんま》いた麦《むぎ》も粒《つぶ》の入《はい》ら
ない白《しろ》い穂《ほ》しかできず、たいていの果物《くだもの》も、花《はな》が咲《さ》いただ

け で 落《お》ちてしまったのでした。

そしてとうとう秋《あき》になりましたが、やっぱり栗《くり》の木《き》は青《あお》いからのいがばかりでしたし、みんなでふだんたべるいちばんたいせつなオリザという穀物《こくもつ》も、一《ひと》つぶもできませんでした。野原《のはら》ではもうひどいさわぎになってしまいました。

ブドリのおとうさんもおかあさんも、たびたび薪《たきぎ》を野原《のはら》のほうへ持《も》って行《い》ったり、冬《ふゆ》になってからは何《なん》べんも大《おお》きな木《き》を町《まち》へそりで運《はこ》んだりしたのでしたが、いつもがっかりしたようにして、わずかの麦《むぎ》の粉《こな》などもって帰《かえ》ってくるのでした。それでもどうにかその冬《ふゆ》は過《す》ぎて次《つぎ》の春《はる》になり、畑《はたけ》にはたいせつにしまっておいた種《たね》も播《ま》かれましたが、その年《とし》もまたすっかり前《まえ》の年《とし》のとおりでした。そして秋《あき》になると、とうとうほんとうの饑饉《ききん》になってしまいました。もうそのころは学校《がっこう》へ来《く》るこどももまるでありませんでした。ブドリのおとうさんもおかあさんも、すっかり仕事《しごと》をやめていました。そしてたびたび心配《しんぱい》そうに相談《そうだん》しては、かわるがわる町《まち》へ出《で》て行《い》って、やっとすこしばかりの黍《きび》の粒《つぶ》など持《も》って帰《かえ》ることもあれば、なんにも持《も》たずに顔《かお》いろを悪《わる》くして帰《かえ》ってくることもありました。そしてみんなは、こならの実《み》や、葛《くず》やわらびの根《ね》や、木《き》の柔《やわ》らかな皮《かわ》やいろんなものをたべて、その冬《ふゆ》をすごしました。

けれども春《はる》が来《き》たころは、おとうさんもおかあさんも、何《なに》かひどい病気《びょうき》のようでした。

ある日《ひ》おとうさんは、じっと頭《あたま》をかかえて、いつまでもいつまでも考《かんが》えていましたが、にわかに起《お》きあがって、

「おれは森《もり》へ行《い》って遊《あそ》んでくるぞ。」と言《い》いながら、よろよろ家《いえ》を出《で》て行《い》きましたが、まっくらになっても帰《かえ》って来《き》ませんでした。二人《ふたり》がおかあさんに、おとうさんはどうしたろうときいても、おかあさんはだまって二人《ふたり》の顔《かお》を見《み》ているばかりでした。

次《つぎ》の日《ひ》の晩方《ばんがた》になって、森《もり》がもう黒《くろ》く見《み》えるころ、おかあさんはにわかに立《た》って、炉《ろ》に榾《ほだ》をたくさんくべて家《いえ》じゅうすっかり明《あか》るくしました。それから、わたしはおとうさ

んをさがしに行《い》くから、お前《まえ》たちはうちにいてあの戸棚《とだな》にある粉《こな》を二人《ふたり》ですこしずつたべなさいと言《い》って、やっぱりよろよろ家《いえ》を出《で》て行《い》きました。二人《ふたり》が泣《な》いてあとから追《お》って行《い》きますと、おかあさんはふり向《む》いて、

「なんたらいうことをきかないこどもらだ。」としかるように言《い》いました。

そしてまるで足早《あしばや》に、つまずきながら森《もり》へはいってしまいました。二人《ふたり》は何《なん》べんも行《い》ったり来《き》たりして、そこらを泣《な》いて回《まわ》りました。とうとうこらえ切《き》れなくなって、まっくらな森《もり》の中《なか》へはいって、いつかのホップの門《もん》のあたりや、わき水《みず》のあるあたりをあちこちうろうろ歩《ある》きながら、おか

あさんを一晩《ひとばん》呼《よ》びました。森《もり》の木《き》の間《あいだ》からは、星《ほし》がちらちら何《なに》か言《い》うようにひかり、鳥《とり》はたびたびおどろいたように暗《やみ》の中《なか》を飛《と》びましたけれども、どこからも人《ひと》の声《こえ》はしませんでした。とうとう二人《ふたり》はぼんやり家《いえ》へ帰《かえ》って中《なか》へはいりますと、まるで死《し》んだように眠《ねむ》ってしまいました。

ブドリが目《め》をさましたのは、その日《ひ》のひるすぎでした。おかあさんの言《い》った粉《こな》のことを思《おも》い出《だ》して戸棚《とだな》をあけて見《み》ますと、なかには、袋《ふくろ》に入れたそば粉《こ》やこならの実《み》がまだたくさんはいっていました。ブドリはネリをゆり起《お》こして二人《ふたり》でその粉《こな》をなめ、おとうさんたちがいたときのように炉《ろ》に火《ひ》をたきました。

　それから、二十日《はつか》ばかりぼんやり過《す》ぎましたら、ある日《ひ》戸口《とぐち》で、

「今日《きょう》は、だれかいるかね。」と言《い》うものがありました。おとうさんが帰《かえ》って来《き》たのかと思《おも》って、ブドリがはね出《だ》して見《み》ますと、それは籠《かご》をしょった目《め》の鋭《するど》い男《おとこ》でした。その男《おとこ》は籠《かご》の中《なか》から丸《まる》い餅《もち》をとり出《だ》してぽんと投《な》げながら言《い》いました。

「私《わたし》はこの地方《ちほう》の飢饉《ききん》を助《たす》けに来《き》たものだ。さあなんでも食《た》べなさい。」二人《ふたり》はしばらくあきれていましたら、

「さあ食《た》べるんだ、食《た》べるんだ。」とまた言《い》いました。二人《ふたり》がこわごわたべはじめますと、男《おとこ》はじっと見《み》ていましたが、

「お前《まえ》たちはいい子供《こども》だ。けれどもいい子供《こども》だというだけではなんにもならん。わしといっしょについておいで。もっとも男《おとこ》の子《こ》は強《つよ》いし、わしも二人《ふたり》はつれて行《い》けない。おい女《おんな》の子《こ》、おまえはここにいてももうたべるものがないんだ。おじさんといっしょに町《まち》へ行《い》こう。毎日《まいにち》パンを食《た》べさしてやるよ。」そしてぷいっとネリを抱《だ》きあげて、せなかの籠《かご》へ入《い》れて、そのまま、

「おおほいほい。おおほいほい。」とどなりながら、風《かぜ》のように家《いえ》を出《で》て行《い》きました。ネリはおもてではじめてわっと泣《な》き出《だ》し、ブドリは、

「どろぼう、どろぼう。」と泣《な》きながら叫《さけ》んで追《お》いかけまし

たが、男《おとこ》はもう森《もり》の横《よこ》を通《とお》ってずうっと向《む》こうの草原《そうげん》を走《はし》っていて、そこからネリの泣《な》き声《ごえ》が、かすかにふるえて聞《き》こえるだけでした。

ブドリは、泣《な》いてどなって森《もり》のはずれまで追《お》いかけて行《い》きましたが、とうとう疲《つか》れてばったり倒《たお》れてしまいました。

## 二　てぐす工場《こうじょう》

ブドリがふっと目《め》をひらいたとき、いきなり頭《あたま》の上《うえ》で、いやに平《ひら》べったい声《こえ》がしました。

「やっと目《め》がさめたな。まだお前《まえ》は飢饉《ききん》のつもりかい。起《お》きておれに手伝《てつだ》わないか。」見《み》るとそれは茶《ちゃ》いろなきの・・・・・こしゃっぽをかぶって外套《がいとう》にすぐシャツを着《き》た男《おとこ》で、何《なに》か針金《はりがね》でこさえたものをぶらぶら持《も》っているのでした。

「もう飢饉《ききん》は過《す》ぎたの？　手伝《てつだ》えって何《なに》を手伝《てつだ》うの？」

ブドリがききました。

「網掛《あみか》けさ。」

「ここへ網《あみ》を掛《か》けるの？」

「掛《か》けるのさ。」

「網《あみ》をかけて何《なん》にするの？」

「てぐすを飼《か》うのさ。」見《み》るとすぐブドリの前《まえ》の栗《くり》の木《き》に、二人《ふたり》の男《おとこ》がはしごをかけてのぼっていて、一生《いっしょう》けん命何《めいなに》か網《あみ》を投《な》げたり、それを操《あやつ》ったりしているようでしたが、網《あみ》も糸《いと》もいっこう見《み》えませんでした。

「あれでてぐすが飼《か》えるの？」

「飼《か》えるのさ。うるさいこどもだな。おい、縁起《えんぎ》でもないぞ。てぐすも飼《か》えないところにどうして工場《こうじょう》なんか建《た》てるんだ。飼《か》えるともさ。現《げん》におれをはじめたくさんのものが、それでくらしを立《た》てているんだ。」

ブドリはかすれた声《こえ》で、やっと、

「そうですか。」と言《い》いました。

「それにこの森《もり》は、すっかりおれが買《か》ってあるんだから、ここで手伝《てつだ》うならいいが、そうでもなければどこかへ行《い》ってもらいたいな。もっともお前《まえ》はどこへ行《い》ったって食《く》うものもなかろうぜ。」

ブドリは泣《な》き出《だ》しそうになりましたが、やっとこらえて言《い》いました。

「そんなら手伝《てつだ》うよ。けれどもどうして網《あみ》をかけるの？」

「それはもちろん教《おし》えてやる。こいつをね。」男《おとこ》は、手《て》に持《も》った針金《はりがね》の籠《かご》のようなものを両手《りょうて》で引《ひ》き伸《の》ばしました。

「いいか。こういう具合《ぐあい》にやるとはしごになるんだ。」

男《おとこ》は大《おお》またに右手《みぎて》の栗《くり》の木《き》に歩《ある》いて行《い》って、下《した》の枝《えだ》に引《ひ》っ掛《か》けました。

「さあ、今度《こんど》はおまえが、この網《あみ》をもって上《うえ》へのぼって行《い》くんだ。さあ、のぼってごらん。」

男《おとこ》は変《へん》なまりのようなものをブドリに渡《わた》しました。ブドリはしかたなくそれをもってはしごにとりついて登《のぼ》って行《い》きましたが、はしごの段々《だんだん》がまるで細《ほそ》くて手《て》や足《あし》に食《く》いこんでちぎれてしまいそうでした。

「もっと登《のぼ》るんだ。もっと、もっとさ。そしたらさっきのまりを投《な》げてごらん。栗《くり》の木《き》を越《こ》すようにさ。そいつを空《そら》へ投《な》げるんだよ。なんだい、ふるえてるのかい。いくじなしだなあ。投《な》げるんだよ。投《な》げるんだよ。そら、投《な》げるんだよ。」

ブドリはしかたなく力《ちから》いっぱいにそれを青空《あおぞら》に投《な》げたと思《おも》いましたら、にわかにお日《ひ》さまがまっ黒《くろ》に見《み》えて逆《さか》しまに下《した》へおちました。そしていつか、その男《おとこ》に受《う》けとめられていたのでした。男《おとこ》はブドリを地面《じめん》におろしながらぶりぶりおこり出《だ》しました。

「お前《まえ》もいくじのないやつだ。なんというふにゃふにゃだ。おれが受《う》け止《と》めてやらなかったらお前《まえ》は今《いま》ごろは頭《あたま》がはじけていたろう。おれはお前《まえ》の命《いのち》の恩人《おんじん》だぞ。これからは、失礼《しつれい》なことを言《い》ってはならん。ところで、さあ、こんどはあっちの木《き》へ登《のぼ》れ。も少《すこ》したったらごはんもたべさせてやるよ。」男《おとこ》はまたブドリへ新《あたら》しいまりを渡《わた》しました。ブドリははしごをもって次《つぎ》の木《き》へ行《い》ってまりを投《な》げました。

「よし、なかなかじょうずになった。さあ、まりはたくさんあるぞ。なまけるな。木《き》も栗《くり》の木《き》ならどれでもいいんだ。」

男《おとこ》はポケットから、まりを十《とう》ばかり出《だ》してブドリに渡《わた》すと、すたすた向《む》こうへ行《い》ってしまいました。ブドリはまた三《みっ》つばかりそれを投《な》げましたが、どうしても息《いき》がはあはあして、からだがだるくてたまらなくなりました。もう家《いえ》へ帰《かえ》ろうと思《おも》って、そっちへ行《い》って見《み》ますと、おどろいたことには、家《いえ》にはいつか赤《あか》い土管《どかん》の煙突《えんとつ》がついて、戸口《とぐち》には、「イーハトーヴてぐす工場《こうじょう》」という看板《かんばん》がかかっているのでした。そして中《なか》からたばこをふかしながら、さっきの男《おとこ》が出《で》て来《き》ました。

「さあこども、たべものをもってきてやったぞ。これを食《た》べて暗《くら》くならないうちにもう少《すこ》しかせぐんだ。」

「ぼくはもういやだよ、うちへ帰《かえ》るよ。」

「うちっていうのはあすこか。あすこはおまえのうちじゃない。おれのてぐす工場《こうじょう》だよ。あの家《いえ》もこの辺《へん》の森《もり》もみんなおれが買《か》ってあるんだからな。」

ブドリはもうやけになって、だまってその男《おとこ》のよこした蒸《む》しパンをむしゃむしゃたべて、またまりを十《とう》ばかり投《な》げました。

その晩《ばん》ブドリは、昔《むかし》のじぶんのうち、いまはてぐす工場《こうじょう》になっている建物《たてもの》のすみに、小《ちい》さくなってねむりました。

さっきの男《おとこ》は、三四人《さんよにん》の知《し》らない人《ひと》たちとおそくまで炉《ろ》ばたで火《ひ》をたいて、何《なに》か飲《の》んだりしゃべったりしていました。次《つぎ》の朝早《あさはや》くから、ブドリは森《もり》に出《で》て、きのうのようにはたらきました。

それから一月《ひとつき》ばかりたって、森《もり》じゅうの栗《くり》の木《き》に網《あみ》がかかってしまいますと、てぐす飼《が》いの男《おとこ》は、こんどは粟《あわ》のようなものがいっぱいついた板《いた》きれを、どの木《き》にも五六枚《ごろくまい》ずつつるさせました。そのうちに木《き》は芽《め》を出《で》して森《もり》はまっ青《さお》になりました。すると、木《き》につるした板《いた》きれから、たくさんの小《ちい》さな青《あお》じろい虫《むし》が糸《いと》をつたって列《れつ》になって枝《えだ》へはいあがって行《い》きました。

ブドリたちはこんどは毎日薪《まいにちたきぎ》とりをさせられました。その薪《たきぎ》が、家《いえ》のまわりに小山《おやま》のように積《つ》み重《かさ》なり、栗《くり》の木《き》が青《あお》じろいひものかたちの花《はな》を枝《えだ》いちめんにつけるころになりますと、あの板《いた》からはいあがって行《い》った虫《むし》も、ちょうど栗《くり》の花《はな》のような色《いろ》とかたちになりました。そして森《もり》じゅうの栗《くり》の葉《は》は、まるで形《かたち》もなくその虫《むし》に食《く》い荒《あら》らされてしまいました。

それからまもなく、虫《むし》は大《おお》きな黄《き》いろな繭《まゆ》を、網《あみ》の目《め》ごとにかけはじめました。

するとてぐす飼《が》いの男《おとこ》は、狂気《きょうき》のようになって、ブドリたちをしかりとばして、その繭《まゆ》を籠《かご》に集《あつ》めさせました。それをこんどは片《かた》っぱしから鍋《なべ》に入《い》れてぐらぐら煮《に》て、手《て》で車《くるま》をまわしながら糸《いと》をとりました。夜《よる》も昼《ひる》もがらがらがらがらがら三《みっ》つの糸車《いとぐるま》をまわして糸《いと》をとりました。こうしてこしらえた黄《き》いろな糸《いと》が小屋《こや》に半分《はんぶん》ばかりたまったころ、外《そと》に置《お》いた繭《まゆ》からは、大《おお》きな白《しろ》い蛾《が》がぽろぽろぽろぽろ飛《と》びだしはじめました。てぐす飼《が》いの男《おとこ》は、まるで鬼《おに》みたいな顔《かお》つきになって、じぶんも一生《いっしょう》けん命糸《めいいと》をとりましたし、野原《のはら》のほうからも四人《よにん》の人《ひと》を連《つ》れてきて働《はたら》かせました。けれども蛾《が》のほうは日《ひ》ましに多《おお》く出《で》るようになって、しまいには森《もり》じゅうまるで雪《ゆき》でも飛《と》んでいるようになりました。しまいするとある日《ひ》、六七台《ろくしちだい》の荷馬車《にばしゃ》が来《き》て、いままでにできた糸《いと》をみんなつけて、町《まち》のほうへ帰《かえ》りはじめました。みんなも一人《ひとり》ずつ荷馬車《にばしゃ》について行《い》きました。いちばんしまいの荷馬車《にばしゃ》がたったとき、てぐす飼《が》いの男《おとこ》が、ブドリに、

「おい、お前《まえ》の来春《らいしゅん》まで食《く》うくらいのものは家《いえ》の中《なか》に置《お》いてやるからな。それまでここで森《もり》と工場《こうじょう》の番《ばん》をしているんだぞ。」

と言《い》って、変《へん》ににやにやしながら荷馬車《にばしゃ》についてさっさと行《い》ってしまいました。

ブドリはぼんやりあとへ残《のこ》りました。うちの中《なか》はまるできたなくてあらしのあとのようでしたし、森《もり》は荒《あ》れはてて山火事《やまかじ》にでもあったようでした。ブドリが次《つぎ》の日《ひ》、家《いえ》のなかやまわりを片付《かたづ》けはじめましたら、てぐす飼《が》いの男《おとこ》がいつもすわっていた所《ところ》から古《ふる》いボール紙《がみ》の箱《はこ》を見《み》つけました。中《なか》には十冊《じゅっさつ》ばかりの本《ほん》がぎっしりはいっておりました。

開《ひら》いて見《み》ると、てぐすの絵《え》や機械《きかい》の図《ず》がたくさんある、まるで読《よ》めない本《ほん》もありましたし、いろいろな木《き》や草《くさ》の図《ず》と名前《なまえ》の書《か》いてあるものもありました。

ブドリはいっしょうけんめい、その本《ほん》のまねをして字《じ》を書《か》いたり、図《ず》をうつしたりしてその冬《ふゆ》を暮《く》らしました。春《はる》になりますと、またあの男《おとこ》が六七人《ろくしちにん》のあたらしい手下《てした》を連《つ》れて、たいへん立派《りっぱ》ななりをしてやって来《き》ました。そして次《つぎ》の日《ひ》からすっかり去年《きょねん》のような仕事《しごと》がはじまりました。

そして網《あみ》はみんなかかり、黄《き》いろな板《いた》もつるされ、虫《むし》は枝《えだ》にはい上《あ》がり、ブドリたちはまた、薪作《たきぎづく》りにかかることになりました。ある朝《あさ》ブドリたちが薪《たきぎ》をつくっていましたら、にわかにぐらぐらっと地震《じしん》がはじまりました。それからずうっと遠《とお》くでどーんという音《おと》がしました。

しばらくたつと日《ひ》が変《へん》にくらくなり、こまかな灰《はい》がばさばさばさばさ降《ふ》って来《き》て、森《もり》はいちめんにまっ白《しろ》になりました。ブドリたちがあきれて木《き》の下《した》にしゃがんでいましたら、てぐす飼《が》いの男《おとこ》がたいへんあわててやって来《き》ました。

「おい、みんな、もうだめだぞ。噴火《ふんか》だ。噴火《ふんか》がはじまったんだ。てぐすはみんな灰《はい》をかぶって死《し》んでしまった。みんな早《はや》く引《ひ》き揚《あ》げてくれ。おい、ブドリ、お前《まえ》ここにいたかったらいてもいいが、こんどはたべ物《もの》は置《お》いてやらないぞ。それにここにいてもあぶないからな。お前《まえ》も野原《のはら》へ出《で》て何《なに》かかせぐほうがいいぜ。」

そう言《い》ったかと思《おも》うと、もうどんどん走《はし》って行《い》ってしまいました。ブドリが工場《こうじょう》へ行《い》って見《み》たときは、もうだれもおりませんでした。そこでブドリは、しょんぼりとみんなの足跡《あしあと》のついた白《しろ》い灰《はい》をふんで野原《のはら》のほうへ出《で》て行《い》きました。

## 三　沼《ぬま》ばたけ

ブドリは、いっぱいに灰《はい》をかぶった森《もり》の間《あいだ》を、町《まち》のほうへ半日歩《はんにちある》きつづけました。灰《はい》は風《かぜ》の吹《ふ》くたびに木《き》からばさばさ落《お》ちて、まるでけむりか吹雪《ふぶき》のようでした。けれどもそれは野原《のはら》へ近《ちか》づくほど、だんだん浅《あさ》く少《すく》なくなって、ついには木《き》も緑《みどり》に見《み》え、みちの足跡《あしあと》も見《み》えないくらいになりました。

とうとう森《もり》を出切《でき》ったとき、ブドリは思《おも》わず目《め》をみはりました。野原《のはら》は目《め》の前《まえ》から、遠《とお》くのまっしろな雲《くも》まで、美《うつく》しい桃《もも》いろと緑《みどり》と灰《はい》いろのカードでできているようでした。そばへ寄《よ》って見《み》ると、その桃《もも》いろなのには、いちめんにせいの低《ひく》い花《はな》が咲《さ》いていて、蜜蜂《みつばち》がいそがしく花《はな》から花《はな》をわたってあるいていましたし、緑《みどり》いろなのには小《ち》いさな穂《ほ》を出《だ》して草《くさ》がぎっしりはえ、灰《はい》いろなのは浅《あさ》い泥《どろ》の沼《ぬま》でした。そしてどれも、低《ひく》い幅《はば》のせまい土手《どて》でくぎられ、人《ひと》は馬《うま》を使《つか》ってそれを掘《ほ》り起《お》こしたりかき回《まわ》したりしてはたらいていました。

ブドリがその間《あいだ》を、しばらく歩《ある》いて行《い》きますと、道《みち》のまん中《なか》に二人《ふたり》の人《ひと》が、大声《おおごえ》で何《なに》かけんかでもするように言《い》い合《あ》っていました。右側《みぎがわ》のほうのひげの赭《あか》い人《ひと》が言《い》いました。

「なんでもかんでも、おれは山師張《やましは》るときめた。」

するとも一人《ひとり》の白《しろ》い笠《かさ》をかぶった、せいの高《たか》いおじいさんが言《い》いました。

「やめろって言《い》ったらやめるもんだ。そんなに肥料《ひりょう》うんと入《い》れて、藁《わら》はとれるたって、実《み》は一粒《ひとつぶ》もとれるもんでない。」

「うんにゃ、おれの見込《みこ》みでは、ことしは今《いま》までの三年分暑《さんねんぶんあつ》いに相違《そうい》ない。一年《いちねん》で三年分《さんねんぶん》とって見《み》せる。」

「やめろ。やめろ。やめろったら。」

「うんにゃ、やめない。花《はな》はみんな埋《う》めてしまったから、こんどは豆玉《まめだま》を六十枚入《ろくじゅうまいい》れて、それから鶏《にわとり》の糞《かえし》、百駄入《ひゃくだんい》れるんだ。急《いそ》がしったらなんの、こう忙《いそが》しくなればささげのつるでもいいから手伝《てつだ》いに頼《たの》みたいもんだ。」

ブドリは思《おも》わず近寄《ちかよ》っておじぎをしました。

「そんならぼくを使《つか》ってくれませんか。」

すると二人《ふたり》は、ぎょっとしたように顔《かお》をあげて、あごに手《て》をあててしばらくブドリを見《み》ていましたが、赤《あか》ひげがにわかに笑《わら》い出《だ》しました。

「よしよし。お前《まえ》に馬《うま》の指竿《させ》とりを頼《たの》むからな。すぐおれについて行《い》くんだ。それではまず、のるかそるか、秋《あき》まで見《み》ててくれ。さあ行《い》こう。ほんとに、ささげのつるでもいいから頼《たの》みたい時《とき》でな。」赤《あか》ひげは、ブドリとおじいさ

んにかわるがわる言《い》いながら、さっさと先《さき》に立《た》って歩《ある》きました。あとではおじいさんが、

「年寄《としよ》りの言《い》うこと聞《き》かないで、いまに泣《な》くんだな。」とつぶやきながら、しばらくこっちを見送《みおく》っているようすでした。

それからブドリは、毎日毎日沼《まいにちまいにちぬま》ばたけへはいって馬《うま》を使《つか》って泥《どろ》をかき回《まわ》しました。一日《いちにち》ごとに桃《もも》いろのカードも緑《みどり》のカードもだんだんつぶされて、泥沼《どろぬま》に変《か》わるのでした。馬《うま》はたびたびぴしゃっと泥水《どろみず》をはねあげて、みんなの顔《かお》へ打《う》ちつけました。一《ひと》つの沼《ぬま》ばたけがすめばすぐ次《つぎ》の沼《ぬま》ばたけへはいるのでした。一日《いちにち》がとても長《なが》くて、しまいには歩《ある》

いているのかどうかもわからなくなったり、泥《どろ》が飴《あめ》のような、水《みず》がスープのような気《き》がしたりするのでした。風《かぜ》が何《なん》べんも吹《ふ》いて来《き》て、近《ちか》くの泥水《どろみず》に魚《さかな》のうろこのような波《なみ》をたて、遠《とお》くの水《みず》をブリキいろにして行《い》きました。そらでは、毎日《まいにち》甘《あま》くすっぱいような雲《くも》が、ゆっくりゆっくりながれていて、それがじつにうらやましそうに見《み》えました。

こうして二十日《はつか》ばかりたちますと、やっと沼《ぬま》ばたけはすっかりどろどろになりました。次《つぎ》の朝《あさ》から主人《しゅじん》はまるで気《き》が立《た》って、あちこちから集《あつ》まって来《き》た人《ひと》たちといっしょに、その沼《ぬま》ばたけに緑《みどり》いろの槍《やり》のようなオリザの苗《なえ》をいちめん植《う》えました。それが十日《とおか》ばかりで済《す》むと、今度《こんど》はブドリたちを連《つ》れて、今《いま》まで手伝《てつだ》ってもらった人《ひと》たちの家《いえ》へ毎日働《まいにちはたら》きにでかけました。それもやっと一《ひと》まわり済《す》むと、こんどはまたじぶんの沼《ぬま》ばたけへ戻《もど》って来《き》て、毎日毎日《まいにちまいにち》草取《くさと》りをはじめました。ブドリの主人《しゅじん》の苗《なえ》は大《おお》きくなってまるで黒《くろ》いくらいなのに、となりの沼《ぬま》ばたけはぼんやりしたうすい緑《みどり》いろでしたから、遠《とお》くから見《み》ても、二人《ふたり》の沼《ぬま》ばたけははっきり境《さかい》まで見《み》わかりました。七日《なのか》ばかりで草取《くさと》りが済《す》むとまたほかへ手伝《てつだ》いに行《い》きました。

ところがある朝《あさ》、主人《しゅじん》はブドリを連《つ》れて、じぶんの沼《ぬま》ばたけを通《とお》りながら、にわかに「あっ」と叫《さけ》んで棒立《ぼうだ》ちになってしまいました。見《み》るとくちびるのいろまで水《みず》いろになって、ぼんやりまっすぐを見《み》つめているのです。

「病気《びょうき》が出《で》たんだ。」主人《しゅじん》がやっと言《い》いました。

「頭《あたま》でも痛《いた》いんですか。」ブドリはききました。

「おれでないよ。オリザよ。それ。」主人《しゅじん》は前《まえ》のオリザの株《かぶ》を指《ゆび》さしました。ブドリはしゃがんでしらべてみますと、なるほどどの葉《は》にも、いままで見《み》たことのない赤《あか》い点々《てんてん》がついていました。主人《しゅじん》はだまってしおしおと沼《ぬま》ばたけを一《ひと》まわりしましたが、家《いえ》へ帰《かえ》りはじめました。ブドリも心配《しんぱい》してついて行《い》きますと、主人《しゅじん》はだまって巾《きれ》を水《みず》でしぼって、頭《あたま》にのせると、そのまま板《いた》の間《あいだ》に寝《ね》てしまいました。するとまもなく、主人《しゅじん》のおかみさんが表《おもて》からかけ込《こ》んで来《き》ました。

「オリザへ病気《びょうき》が出《で》たというのはほんとうかい。」

「ああ、もうだめだよ。」

「どうにかならないのかい。」

「だめだろう。すっかり五年前《ごねんまえ》のとおりだ。」

「だから、あたしはあんたに山師《やまし》をやめろといったんじゃないか。おじいさんもあんなにとめたんじゃないか。」

おかみさんはおろおろ泣《な》きはじめました。すると主人《しゅじん》がにわかに元気《げんき》になってむっくり起《お》き上《あ》がりました。

「よし。イーハトーヴの野原《のはら》で、指折《ゆびお》り数《かぞ》えられる大百姓《だいひゃくしょう》のおれが、こんなことで参《まい》るか。よし。来年《らいねん》こそやるぞ。ブドリ、おまえおれのうちへ来《き》てから、まだ一晩《ひとばん》も寝《ね》たいくらい寝《ね》たことがないな。さあ、五日《いつか》でも十日《とおか》でもいいから、ぐうというくらい寝《ね》てしまえ。おれはそのあとで、あすこの沼《ぬま》ばたけでおもしろい手品《てずま》をやって見《み》せるからな。その代《か》わりことしの冬《ふゆ》は、家《いえ》じゅうそばばかり食《く》うんだぞ。おまえそばはすきだろうが。」それから主人《しゅじん》はさっさと帽子《ぼうし》をかぶって外《そと》へ出《で》て行《い》ってしまいました。

ブドリは主人《しゅじん》に言《い》われたとおり納屋《なや》へはいって眠《ねむ》ろうと思《おも》いましたが、なんだかやっぱり沼《ぬま》ばたけが苦《く》になってしかたないので、またのろのろそっちへ行《い》って見《み》ました。するといつ来《き》ていたのか、主人《しゅじん》がたった一人《ひとり》腕組《うでぐ》みをして土手《どて》に立《た》っておりました。見《み》ると沼《ぬま》ばたけには水《みず》がいっぱいで、オリザの株《かぶ》は葉《は》をやっと出《だ》しているだけ、上《うえ》にはぎらぎら石油《せきゆ》が浮《う》かんでいるのでした。主人《しゅじん》が言《い》いました。

「いまおれ、この病気《びょうき》を蒸《む》し殺《ころ》してみるところだ。」

「石油《せきゆ》で病気《びょうき》の種《たね》が死《し》ぬんですか。」とブドリがききますと、主人《しゅじん》は、

「頭《あたま》から石油《せきゆ》につけられたら人《ひと》だって死《し》ぬだ。」と言《い》いながら、ほうと息《いき》を吸《す》って首《くび》をちぢめました。その時《とき》、水下《みなしも》の沼《ぬま》ばたけの持《も》ち主《ぬし》が、肩《かた》をいからして、息《いき》を切《き》ってかけて来《き》て、大《おお》きな声《こえ》でどなりました。

「なんだって油《あぶら》など水《みず》へ入《い》れるんだ。みんな流《なが》れて来《き》て、

おれのほうへはいってるぞ。」

主人《しゅじん》は、やけくそに落《お》ちついて答《こた》えました。

「なんだって油《あぶら》など水《みず》へ入《い》れるったって、オリザへ病気《びょうき》がついたから、油《あぶら》など水《みず》へ入《い》れるのだ。」

「なんだってそんならおれのほうへ流《なが》すんだ。」

「なんだってそんならおまえのほうへ流《なが》すったって、水《みず》は流《なが》れるから油《あぶら》もついて流《なが》れるのだ。」

「そんならなんだっておれのほうへ水《みず》こないように水口《みなくち》とめないんだ。」

「なんだっておまえのほうへ水《みず》行《い》かないように水口《みなくち》とめないかったって、あすこはおれのみな口《くち》でないから水《みず》とめないのだ。」

となりの男《おとこ》は、かんかんおこってしまってもう物《もの》も言《い》えず、いきなりがぶがぶ水《みず》へはいって、自分《じぶん》の水口《みなくち》に泥《どろ》を積《つ》みあげはじめました。主人《しゅじん》はにやりと笑《わら》いました。

「あの男《おとこ》むずかしい男《おとこ》でな。こっちで水《みず》をとめると、とめたといっておこるからわざと向《む》こうにとめさせたのだ。あすこさえとめれば今夜《こんや》じゅうに水《みず》はすっかり草《くさ》の頭《あたま》までかかるからな、さあ帰《かえ》ろう。」主人《しゅじん》はさきに立《た》ってすたすた家《いえ》へあるきはじめました。

次《つぎ》の朝《あさ》ブドリはまた主人《しゅじん》と沼《ぬま》ばたけへ行《い》ってみました。主人《しゅじん》は水《みず》の中《なか》から葉《は》を一枚《いちまい》とってしきりにしらべていましたが、やっぱり浮《う》かない顔《かお》でした。その次《つぎ》の日《ひ》もそうでした。その次《つぎ》の日《ひ》もそうでした。その次《つぎ》の日《ひ》もそうでした。その次《つぎ》の朝《あさ》、とうとう主人《しゅじん》は決心《けっしん》したように言《い》いました。

「さあブドリ、いよいよここへ蕎麦播《そばま》きだぞ。おまえあすこへ行《い》って、となりの水口《みなくち》こわして来《こ》い。」

ブドリは、言《い》われたとおりこわして来《き》ました。石油《せきゆ》のはいった水《みず》は、恐《おそ》ろしい勢《いきお》いでとなりの田《た》へ流《なが》れて行《い》きます。きっとまたおこってくるなと思《おも》っていますと、ひるごろ例《れい》のとなりの持《も》ち主《ぬし》が、大《おお》きな鎌《かま》をもってやってきました。

「やあ、なんだってひとの田《た》へ石油《せきゆ》ながすんだ。」

主人《しゅじん》がまた、腹《はら》の底《そこ》から声《こえ》を出《だ》して答《こた》えました。

「石油《せきゆ》ながれればなんだって悪《わる》いんだ。」
「オリザみんな死《し》ぬでないか。」
「オリザみんな死《し》ぬか、オリザみんな死《し》なないか、まず
おれの沼《ぬま》ばたけのオリザ見《み》なよ。きょうで四日頭《よっかあたま》から石油《せきゆ》
かぶせたんだ。それでもちゃんとこのとおりでないか。赤《あか》
くなったのは病気《びょうき》のためで、勢《いきお》いのいいのは石油《せきゆ》のためな
んだ。おまえの所《ところ》など、石油《せきゆ》がただオリザの足《あし》を通《とお》るだけ
でないか。かえっていいかもしれないんだ。」
「石油《せきゆ》こやしになるのか。」向《む》こうの男《おとこ》は少《すこ》し顔《かお》いろをや
わらげました。
「石油《せきゆ》こやしになるか、石油《せきゆ》こやしにならないか知《し》らな

いが、とにかく石油《せきゆ》は油《あぶら》でないか。」

「それは石油《せきゆ》は油《あぶら》だな。」男《おとこ》はすっかりきげんを直《なお》してわらいました。水《みず》はどんどん退《ひ》き、オリザの株《かぶ》は見《み》る見《み》る根《ね》もとまで出《で》て来《き》ました。すっかり赤《あか》い斑《まだら》ができて焼《や》けたようになっています。

「さあおれの所《ところ》ではもうオリザ刈《が》りをやるぞ。」

主人《しゅじん》は笑《わら》いながら言《い》って、それからブドリといっしょに、片《かた》っぱしからオリザの株《かぶ》を刈《か》り、跡《あと》へすぐ蕎麦《そば》を播《ま》いて土《つち》をかけて歩《ある》きました。そしてその年《とし》はほんとうに主人《しゅじん》の言《い》ったとおり、ブドリの家《いえ》では蕎麦《そば》ばかり食《た》べました。次《つぎ》の春《はる》になると主人《しゅじん》が言《い》いました。

「ブドリ、ことしは沼《ぬま》ばたけは去年《きょねん》よりは三分《さんぶん》の一減《いちへ》ったからな、仕事《しごと》はよほどらくだ。そのかわりおまえは、おれの死《し》んだ息子《むすこ》の読《よ》んだ本《ほん》をこれから一生《いっしょう》けん命勉強《めいべんきょう》して、いままでおれを山師《やまし》だといってわらったやつらを、あっと言《い》わせるような立派《りっぱ》なオリザを作《つく》るくふうをしてくれ。」

そして、いろいろな本《ほん》を一山《ひとやま》ブドリに渡《わた》しました。ブドリは仕事《しごと》のひまに片《かた》っぱしからそれを読《よ》みました。ことにその中《なか》の、クーボーという人《ひと》の物《もの》の考《かんが》え方《かた》を教《おし》えた本《ほん》はおもしろかったので何《なん》べんも読《よ》みました。またその人《ひと》が、イーハトーヴの市《し》で一《いっ》か月《げつ》の学校《がっこう》をやっているのを知《し》って、たいへん行《い》って習《なら》いたいと思《おも》ったりしました。

そして早《はや》くもその夏《なつ》、ブドリは大《おお》きな手柄《てがら》をたてました。それは去年《きょねん》と同《おな》じころ、またオリザに病気《びょうき》ができかかったのを、ブドリが木《き》の灰《はい》と食塩《しお》を使《つか》って食《く》いとめたのでした。そして八月《はちがつ》のなかばになると、オリザの株《かぶ》はみんなそろって穂《ほ》を出《だ》し、その穂《ほ》の一枝《ひとえだ》ごとに小《ちい》さな白《しろ》い花《はな》が咲《さ》き、花《はな》はだんだん水《みず》いろの籾《もみ》にかわって、風《かぜ》にゆらゆら波《なみ》をたてるようになりました。主人《しゅじん》はもう得意《とくい》の絶頂《ぜっちょう》でした。来《く》る人《ひと》ごとに、

「なんの、おれも、オリザの山師《やまし》で四年《よねん》しくじったけれども、ことしは一度《いちど》に四年分《よねんぶん》とれる。これもまたなかなかいいもんだ。」などと言《い》って自慢《じまん》するのでした。

ところがその次《つぎ》の年《とし》はそうは行《い》きませんでした。植《う》え付《つ》けのころからさっぱり雨《あめ》が降《ふ》らなかったために、水路《すいろ》はかわいてしまい、沼《ぬま》にはひびが入《はい》って、秋《あき》のとりいれはやっと冬《ふゆ》じゅう食《た》べるくらいでした。来年《らいねん》こそと思《おも》っていましたが、次《つぎ》の年《とし》もまた同《おな》じようなひでりでした。それからも、来年《らいねん》こそ来年《らいねん》こそと思《おも》いながら、ブドリの主人《しゅじん》は、だんだんこやしを入《い》れることができなくなり、馬《うま》も売《う》り、沼《ぬま》ばたけもだんだん売《う》ってしまったのでした。

ある秋《あき》の日《ひ》、主人《しゅじん》はブドリにつらそうに言《い》いました。

「ブドリ、おれももとはイーハトーヴの大百姓《だいひゃくしょう》だったし、ずいぶんかせいでも来《き》たのだが、たびたびの寒《さむ》さと旱魃《かんばつ》のために、いままでは沼《ぬま》ばたけも昔《むかし》の三分《さんぶん》の一《いち》になってしまったし、来年《らいねん》はもう入《い》れるこやしもないのだ。おれだけでない。来年《らいねん》こやしを買《か》って入《い》れれる人《ひと》ったらもうイーハトーヴにも何人《なんにん》もないだろう。こういうあんばいでは、いつになっておまえにはたらいてもらった礼《れい》をするというあてもない。おまえも若《わか》い働《はたら》き盛《ざか》りを、おれのとこで暮《く》らしてしまってはあんまり気《き》の毒《どく》だから、済《す》まないがどうかこれを持《も》って、どこへでも行《い》っていい運《うん》を見《み》つけてくれ。」そして主人《しゅじん》は、一《ひと》ふくろのお金《かね》と新《あたら》しい紺《こん》で染《そ》めた麻《あさ》の服《ふく》と赤皮《あかかわ》の靴《くつ》とをブドリにくれました。

ブドリはいままでの仕事《しごと》のひどかったことも忘《わす》れてし

まって、もう何《なに》もいらないから、ここで働《はたら》いていたいとも思《おも》いましたが、考《かんが》えてみると、いてもやっぱり仕事《しごと》もそんなにないので、主人《しゅじん》に何《なん》べんも何《なん》べんも礼《れい》を言《い》って、六年《ろくねん》の間《あいだ》はたらいた沼《ぬま》ばたけと主人《しゅじん》に別《わか》れて、停車場《ていしゃば》をさして歩《ある》きだしました。

## 四　クーボー大博士《だいはかせ》

ブドリは二時間《にじかん》ばかり歩《ある》いて、停車場《ていしゃば》へ来《き》ました。それから切符《きっぷ》を買《か》って、イーハトーヴ行《い》きの汽車《きしゃ》に乗《の》りました。汽車《きしゃ》はいくつもの沼《ぬま》ばたけをどんどんどんどんうしろへ送《おく》りながら、もう一散《いちさん》に走《はし》りました。その向《む》こうには、たくさんの黒《くろ》い森《もり》が、次《つぎ》から次《つぎ》と形《かたち》を変《か》えて、やっぱりうしろのほうへ残《のこ》されて行《い》くのでした。ブドリはいろいろな思《おも》いで胸《むね》がいっぱいでした。早《はや》くイーハトーヴの市《し》に着《つ》いて、あの親切《しんせつ》な本《ほん》を書《か》いたクーボーという人《ひと》に会《あ》い、できるなら、働《はたら》きながら勉強《べんきょう》して、みんながあんなにつらい思《おも》いをしないで沼《ぬま》ばたけを作《つく》れるよう、また火山《かざん》の灰《はい》だのひでりだの寒《さむ》さだのを除《のぞ》くくふうをしたいと思《おも》うと、汽車《きしゃ》さえまどろこくってたまらないくらいでした。汽車《きしゃ》はその日《ひ》のひるすぎ、イーハトーヴの市《し》に着《つ》きました。停車場《ていしゃば》を一足出《ひとあしで》ますと、地面《じめん》の底《そこ》から、何《なに》かのんのんわくようなひびきやどんよりとしたくらい空気《くうき》、行《い》ったり来《き》たりするたくさんの自動車《じどうしゃ》に、ブドリはしばらくぼうとしてつっ立《た》ってしまいました。やっと気《き》をとりなおして、そこらの人《ひと》にクーボー博士《はかせ》の学校《がっこう》へ行《い》くみちをたずねました。するとだれへきいても、みんなブドリのあまりまじめな顔《かお》を見《み》て、吹《ふ》き出《だ》し

そうにしながら、

「そんな学校《がっこう》は知《し》らんね。」とか、

「もう五六丁《ごろくちょう》行《い》ってきいてみな。」とかいうのでした。そしてブドリがやっと学校《がっこう》をさがしあてたのはもう夕方近《ゆうがたちか》くでした。その大《おお》きなこわれかかった白《しろ》い建物《たてもの》の二階《にかい》で、だれか大《おお》きな声《こえ》でしゃべっていました。

「今日《こんにち》は。」ブドリは高《たか》く叫《さけ》びました。だれも出《で》てきませんでした。

「今日《こんにち》はあ。」ブドリはあらん限《かぎ》り高《たか》く叫《さけ》びました。するとすぐ頭《あたま》の上《うえ》の二階《にかい》の窓《まど》から、大《おお》きな灰《はい》いろの顔《かお》が出《で》て、めがねが二《ふた》つぎらりと光《ひか》りました。それから、

「今授業中《いまじゅぎょうちゅう》だよ、やかましいやつだ。用《よう》があるならはいって来《こ》い。」とどなりつけて、すぐ顔《かお》を引《ひ》っ込《こ》めますと、中《なか》ではおおぜいでどっと笑《わら》い、その人《ひと》はかまわずまた何《なに》か大声《おおごえ》でしゃべっています。

ブドリはそこで思《おも》い切《き》って、なるべく足音《あしおと》をたてないように二階《にかい》にあがって行《い》きますと、階段《かいだん》のつき当《あ》たりの扉《とびら》があいていて、じつに大《おお》きな教室《きょうしつ》が、ブドリのまっ正面《しょうめん》にあらわれました。中《なか》にはさまざまの服装《ふくそう》をした学生《がくせい》がぎっしりです。向《む》こうは大《おお》きな黒《くろ》い壁《かべ》になっていて、そこにたくさんの白《しろ》い線《せん》が引《ひ》いてあり、さっきのせいの高《たか》い目《め》がねをかけた人《ひと》が、大《おお》きな櫓《やぐら》の形《かたち》の模型《もけい》をあちこち指《ゆび》さしながら、さっきのままの高《たか》い声《こえ》で、みんなに説明《せつめい》しておりました。

ブドリはそれを一目見《ひとめみ》ると、ああこれは先生《せんせい》の本《ほん》に書《か》いてあった歴史《れきし》の歴史《れきし》ということの模型《もけい》だなと思《おも》いました。先生《せんせい》は笑《わら》いながら、一《ひと》つのとって・・・を回《まわ》しました。模型《もけい》はがちっと鳴《な》って奇体《きたい》な船《ふね》のような形《かたち》になりました。またがちっととってを回《まわ》すと、模型《もけい》はこんどは大《おお》きなむかでのような形《かたち》に変《か》わりました。

みんなはしきりに首《くび》をかたむけて、どうもわからんというふうにしていましたが、ブドリにはただおもしろかったのです。

「そこでこういう図《ず》ができる。」先生《せんせい》は黒《くろ》い壁《かべ》へ別《べつ》の込《こ》み入《い》った図《ず》をどんどん書《か》きました。

左手《ひだりて》にもチョークをもって、さっさと書《か》きました。学生《がくせい》たちもみんな一生《いっしょう》けん命《めい》そのまねをしました。ブドリもふところから、いままで沼《ぬま》ばたけで持《も》っていたきたない手帳《てちょう》を出《だ》して図《ず》を書《か》きとりました。先生《せんせい》はもう書《か》いてしまって、壇《だん》の上《うえ》にまっすぐに立《た》って、じろじろ学生《がくせい》たちの席《せき》を見《み》まわしています。ブドリも書《か》いてしまって、その図《ず》を縦横《たてよこ》から見《み》ていますと、ブドリのとなりで一人《ひとり》の学生《がくせい》が、「あああ。」とあくびをしました。ブドリはそっとききました。

「ね、この先生《せんせい》はなんて言《い》うんですか。」

すると学生《がくせい》はばかにしたように鼻《はな》でわらいながら答《こた》えました。

「クーボー大博士《だいはかせ》さ、お前知《まえし》らなかったのかい。」それからじろじろブドリのようすを見《み》ながら、

「はじめから、この図《ず》なんか書《か》けるもんか。ぼくでさえ同《おな》じ講義《こうぎ》をもう六年《ろくねん》もきいているんだ。」

と言《い》って、じぶんのノートをふところへしまってしまいました。その時教室《ときょうしつ》に、ぱっと電燈《でんとう》がつきました。もう夕方《ゆうがた》だったのです。大博士《だいはかせ》が向《む》こうで言《い》いました。

「いまや夕《ゆう》べははるかにきたり、拙講《せっこう》もまた全課《ぜんか》をおえた。諸君《しょくん》のうちの希望者《きぼうしゃ》は、けだしいつもの例《れい》により、そ

のノートをば拙者《せっしゃ》に示《しめ》し、さらに数箇《すうこ》の試問《しもん》を受《う》けて、所属《しょぞく》を決《けっ》すべきである。」学生《がくせい》たちはわあと叫《さけ》んで、みんなばたばたノートをとじました。それからそのまま帰《かえ》ってしまうものが大部分《だいぶぶん》でしたが、五六十人《ごろくじゅうにん》は一列《いちれつ》になって大博士《だいはかせ》の前《まえ》をとおりながらノートを開《ひら》いて見《み》せるのでした。すると大博士《だいはかせ》はそれをちょっと見て、一言《ひとこと》か二言質問《ふたことしつもん》をして、それから白墨《チョーク》でえりへ、「合《ごう》」とか、「再来《さいらい》」とか、「奮励《ふんれい》」とか書《か》くのでした。学生《がくせい》はその間《あいだ》、いかにも心配《しんぱい》そうに首《くび》をちぢめているのでしたが、それからそっと肩《かた》をすぼめて廊下《ろうか》まで出《で》て、友《とも》だちにそのしるしを読《よ》んでもらって、よろこんだりしょげたりするのでした。

ぐんぐん試験《しけん》が済《す》んで、いよいよブドリ一人《ひとり》になりました。ブドリがその小《ち》さなきたない手帳《てちょう》を出《だ》したとき、クーボー大博士《だいはかせ》は大《おお》きなあくびをやりながら、かがんで目《め》をぐっと手帳《てちょう》につけるようにしましたので、手帳《てちょう》はあぶなく大博士《だいはかせ》に吸《す》い込《こ》まれそうになりました。

ところが大博士《だいはかせ》は、うまそうにこくっと一《ひと》つ息《いき》をして、

「よろしい。この図《ず》は非常《ひじょう》に正《ただ》しくできている。そのほかのところは、なんだ。ははあ、沼《ぬま》ばたけのこやしのことに、馬《うま》のたべ物《もの》のことかね。では問題《もんだい》に答《こた》えなさい。工場《こうじょう》の煙突《えんとつ》から出《で》るけむりには、どういう色《いろ》の種類《しゅるい》があるか。」

ブドリは思《おも》わず大声《おおごえ》に答《こた》えました。

「黒《くろ》、褐《かつ》、黄《き》、灰《はい》、白《しろ》、無色《むしょく》。それからこれらの混合《こんごう》です。」

大博士《だいはかせ》はわらいました。

「無色《むしょく》のけむりはたいへんいい。形《かたち》について言《い》いたまえ。」

「無風《むふう》で煙《けむり》が相当《そうとう》あれば、たての棒《ぼう》にもなりますが、さきはだんだんひろがります。雲《くも》の非常《ひじょう》に低《ひく》い日《ひ》は、棒《ぼう》は雲《くも》までのぼって行《い》って、そこから横《よこ》にひろがります。風《かぜ》のある日《ひ》は、棒《ぼう》は斜《なな》めになりますが、その傾《かたむ》きは風《かぜ》の程度《ていど》に従《したが》います。波《なみ》やいくつもきれになるのは、風《かぜ》のためにもよりますが、一《ひと》つはけむりや煙突《えんとつ》のもつ癖《くせ》のためです。あまり煙《けむり》の少《すく》ないときは、コルク抜《ぬ》きの形《かたち》にもなり、煙《けむり》も重《おも》いガスがまじれば、煙突《えんとつ》の口《くち》から房《ふさ》になって、一方《いっぽう》ないし四方《しほう》におちることもあります。」

大博士《だいはかせ》はまたわらいました。

「よろしい。きみはどういう仕事《しごと》をしているのか。」

「仕事《しごと》をみつけに来《き》たんです。」

「おもしろい仕事《しごと》がある。名刺《めいし》をあげるから、そこへすぐ行《い》きなさい。」博士《はかせ》は名刺《めいし》をとり出《だ》して、何《なに》かするする書《か》き込《こ》んでブドリにくれました。ブドリはおじぎをして、戸口《とぐち》を出《で》て行《い》こうとしますと、大博士《だいはかせ》はちょっと目《め》で答《こた》えて、

「なんだ、ごみを焼《や》いてるのかな。」と低《ひく》くつぶやきながら、テーブルの上《うえ》にあった鞄《かばん》に、白墨《チョーク》のかけらや、はんけちや

本《ほん》や、みんないっしょに投《な》げ込《こ》んで小《こ》わきにかかえ、さっき顔《かお》を出《だ》した窓《まど》から、プイッと外《そと》へ飛《と》び出《だ》しました。びっくりしてブドリが窓《まど》へかけよって見《み》ますと、いつか大博士《だいはかせ》は玩具《おもちゃ》のような小《ち》さな飛行船《ひこうせん》に乗《の》って、じぶんでハンドルをとりながら、もううす青《あお》いもやのこめた町《まち》の上《うえ》を、まっすぐに向《む》こうへ飛《と》んでいるのでした。ブドリがいよいよあきれて見《み》ていますと、まもなく大博士《だいはかせ》は、向《む》こうの大《おお》きな灰《はい》いろの建物《たてもの》の平屋根《ひらやね》に着《つ》いて、船《ふね》を何《なに》かかぎのようなものにつなぐと、そのままぽろっと建物《たてもの》の中《なか》へはいって見《み》えなくなってしまいました。

## 五　イーハトーヴ火山局《かざんきょく》

ブドリが、クーボー大博士《だいはかせ》からもらった名刺《めいし》のあて名《な》をたずねて、やっと着《つ》いたところは大《おお》きな茶《ちゃ》いろの建物《たてもの》で、うしろには房《ふさ》のような形《かたち》をした高《たか》い柱《はしら》が夜《よる》のそらにくっきり白《しろ》く立《た》っておりました。ブドリは玄関《げんかん》に上《あ》がって呼《よ》び鈴《りん》を押《お》しますと、すぐ人《ひと》が出《で》て来《き》て、ブドリの出《だ》した名刺《めいし》を受《う》け取《と》り、一目《ひとめ》見《み》ると、すぐブドリを突《つ》き当《あ》たりの大《おお》きな室《へや》へ案内《あんない》しました。

そこにはいままでに見《み》たこともないような大《おお》きなテーブ

ルがあって、そのまん中《なか》に一人《ひとり》の少《すこ》し髪《かみ》の白《しろ》くなった人《ひと》のよさそうな立派《りっぱ》な人《ひと》が、きちんとすわって耳《みみ》に受話器《じゅわき》をあてながら何《なに》か書《か》いていました。そしてブドリのはいって来《き》たのを見《み》ると、すぐ横《よこ》の椅子《いす》を指《ゆび》さしながら、また続《つづ》けて何《なに》か書《か》きつけています。

その室《へや》の右手《みぎて》の壁《かべ》いっぱいに、イーハトーヴ全体《ぜんたい》の地図《ちず》が、美《うつく》しく色《いろ》どった大《おお》きな模型《もけい》に作《つく》ってあって、鉄道《てつどう》も町《まち》も川《かわ》も野原《のはら》もみんな一目《ひとめ》でわかるようになっており、そのまん中《なか》を走《はし》るせぼねのような山脈《さんみゃく》と、海岸《かいがん》に沿《そ》って縁《ふち》をとったようになっている山脈《さんみゃく》、またそれから枝《えだ》を出《だ》して海《うみ》の中《なか》に点々《てんてん》の島《しま》をつくっている一列《いちれつ》の山々《やまやま》には、みんな赤《あか》や橙《だいだい》や黄《き》のあかりがついていて、それがかわるがわる色《いろ》が変《か》わったりジーと蝉《せみ》のように鳴《な》ったり、数字《すうじ》が現《あら》われたり消《き》えたりしているのです。下《した》の壁《かべ》に添《そ》った棚《たな》には、黒《くろ》いタイプライターのようなものが三列《さんれつ》に百《ひゃく》でもきかないくらい並《なら》んで、みんなしずかに動《うご》いたり鳴《な》ったりしているのでした。ブドリがわれを忘《わす》れて見《み》とれておりますと、その人《ひと》が受話器《じゅわき》をことっと置《お》いて、ふところから名刺入《めいしい》れを出《だ》して、一枚《いちまい》の名刺《めいし》をブドリに出《だ》しながら「あなたが、グスコーブドリ君《くん》ですか。私《わたし》はこういうものです。」と言《い》いました。見《み》ると、〔イーハトーヴ火山局技師《かざんきょくぎし》ペンネンナーム〕と書《か》いてありました。その人《ひと》はブドリの挨拶《あいさつ》になれないでもじもじしているのを見《み》ると、重《かさ》ねて親切《しんせつ》に言《い》いました。

「さっきクーボー博士《はかせ》から電話《でんわ》があったのでお待《ま》ちしていました。まあこれから、ここで仕事《しごと》をしながらしっかり勉強《べんきょう》してごらんなさい。ここの仕事《しごと》は、去年《きょねん》はじまったばかりですが、じつに責任《せきにん》のあるもので、それに半分《はんぶん》はいつ噴火《ふんか》するかわからない火山《かざん》の上《うえ》で仕事《しごと》するものなのです。それに火山《かざん》の癖《くせ》というものは、なかなか学問《がくもん》でわかることではないのです。われわれはこれからよほどしっかりやらなければならんのです。では今晩《こんばん》はあっちにあなたの泊《と》まるところがありますから、そこでゆっくりお休《やす》みなさい。あしたこの建物《たてもの》じゅうをすっかり案内《あんない》しますから。」

次《つぎ》の朝《あさ》、ブドリはペンネン老技師《ろうぎし》に連《つ》れられて、建物《たてもの》のなかを一々《いちいち》つれて歩《ある》いてもらい、さまざまの機械《きかい》やしかけを詳《くわ》しく教《おそ》わりました。その建物《たてもの》のなかのすべての器械《きかい》はみんなイーハトーヴじゅうの三百幾《さんびゃくいく》つかの活火山《かつかざん》や休火山《きゅうかざん》に続《つづ》いていて、それらの火山《かざん》の煙《けむり》や灰《はい》を噴《ふ》いたり、熔岩《ようがん》を流《なが》したりしているようすはもちろん、みかけはじっとしている古《ふる》い火山《かざん》でも、その中《なか》の熔岩《ようがん》やガスのもようから、山《やま》の形《かたち》の変《か》わりようまで、みんな数字《すうじ》になったり図《ず》になったりして、あらわれて来《く》るのでした。そしてはげしい変化《へんか》のあるたびに、模型《もけい》はみんな別々《べつべつ》の音《おと》で鳴《な》るのでした。

ブドリはその日《ひ》からペンネン老技師《ろうぎし》について、すべての器械《きかい》の扱《あつか》い方《かた》や観測《かんそく》のしかたを習《なら》い、夜《よる》も昼《ひる》も一心《いっしん》に働《はたら》いたり勉強《べんきょう》したりしました。そして二年《にねん》ばかりたちますと、ブドリはほかの人《ひと》たちといっしょにあちこちの火山《かざん》へ器械《きかい》を据《す》え付《つ》けに出《だ》されたり、据《す》え付《つ》けてある器械《きかい》の悪《わる》くなったのを修繕《しゅうぜん》にやられたりもするようになりましたので、もうブドリにはイーハトーヴの三百幾《さんびゃくいく》つの火山《かざん》と、その働《はたら》き具合《ぐあい》は掌《たなごころ》の中《なか》にあるようにわかって来《き》ました。

じつにイーハトーヴには、七十幾《ななじゅういく》つの火山《かざん》が毎日《まいにち》煙《けむり》をあげたり、熔岩《ようがん》を流《なが》したりしているのでしたし、五十幾《ごじゅういく》つかの休火山《きゅうかざん》は、いろいろなガスを噴《ふ》いたり、熱《あつ》い湯《ゆ》を出《だ》したりしていました。そして残《のこ》りの百六七十《ひゃくろくしちじゅう》の死火山《しかざん》のうちにも、いつまた何《なに》をはじめるかわからないものもあるのでした。

ある日《ひ》ブドリが老技師《ろうぎし》とならんで仕事《しごと》をしておりますと、にわかにサンムトリという南《みなみ》のほうの海岸《かいがん》にある火山《かざん》が、むくむく器械《きかい》に感《かん》じ出《だ》して来《き》ました。老技師《ろうぎし》が叫《さけ》びました。

「ブドリ君《くん》。サンムトリは、けさまで何《なに》もなかったね。」

「はい、いままでサンムトリのはたらいたのを見《み》たことがありません。」

「ああ、これはもう噴火《ふんか》が近《ちか》い。けさの地震《じしん》が刺激《しげき》したのだ。この山《やま》の北十《きたじゅっ》キロのところにはサンムトリの市《し》がある。今度爆発《こんどばくはつ》すれば、たぶん山《やま》は三分《さんぶん》の一《いち》、北側《きたがわ》をはねとばして、牛《うし》やテーブルぐらいの岩《いわ》は熱《あつ》い灰《はい》やガスといっしょに、どしどしサンムトリ市《し》におちてくる。どうでも今《いま》のうちに、この海《うみ》に向《む》いたほうへボーリングを入《い》れて傷口《きずぐち》をこさえて、ガスを抜《ぬ》くか熔岩《ようがん》を出《だ》させるかしなければならない。今《いま》すぐ二人《ふたり》で見《み》に行《い》こう。」二人《ふたり》はすぐにしたくして、サンムトリ行《い》きの汽車《きしゃ》に乗《の》りました。

## 六　サンムトリ火山《かざん》

二人《ふたり》は次《つぎ》の朝《あさ》、サンムトリの市《し》に着《つ》き、ひるごろサンムトリ火山《かざん》の頂《いただき》近《ちか》く、観測器械《かんそくきかい》を置《お》いてある小屋《こや》に登《のぼ》りました。そこは、サンムトリ山《さん》の古《ふる》い噴火口《ふんかこう》の外輪山《がいりんざん》が、海《うみ》のほうへ向《む》いて欠《か》けた所《ところ》で、その小屋《こや》の窓《まど》からながめますと、海《うみ》は青《あお》や灰《はい》いろの幾《いく》つもの縞《しま》になって見《み》え、その中《なか》を汽船《きせん》は黒《くろ》いけむりを吐《は》き、銀《ぎん》いろの水脈《みお》を引《ひ》いていくつもすべっているのでした。

老技師《ろうぎし》はしずかにすべての観測機《かんそくき》を調《しら》べ、それからブドリに言《い》いました。

「きみはこの山《やま》はあと何日《なんにち》ぐらいで噴火《ふんか》すると思《おも》うか。」

「一月《ひとつき》はもたないと思《おも》います。」

「一月《ひとつき》はもたない。もう十日《とおか》ももたない。早《はや》く工作《こうさく》してしまわないと、取《と》り返《かえ》しのつかないことになる。私《わたし》はこの山《やま》の海《うみ》に向《む》いたほうでは、あすこがいちばん弱《よわ》いと思《おも》う。」

老技師《ろうぎし》は山腹《さんぷく》の谷《たに》の上《うえ》のうす緑《みどり》の草地《くさち》を指《ゆび》さしました。そこを雲《くも》の影《かげ》がしずかに青《あお》くすべっているのでした。

「あすこには熔岩《ようがん》の層《そう》が二《ふた》つしかない。あとは柔《やわ》らかな火山灰《かざんばい》と火山礫《かざんれき》の層《そう》だ。それにあすこまでは牧場《ぼくじょう》の道《みち》も立派《りっぱ》にあるから、材料《ざいりょう》を運《はこ》ぶことも造作《ぞうさ》ない。ぼくは工作隊《こうさくたい》を申請《しんせい》しよう。」

老技師《ろうぎし》は忙《いそが》しく局《きょく》へ発信《はっしん》をはじめました。その時足《ときあし》の下《した》では、つぶやくようなかすかな音《おと》がして、観測小屋《かんそくごや》はしばらくぎしぎしきしみました。老技師《ろうぎし》は器械《きかい》をはなれました。

「局《きょく》からすぐ工作隊《こうさくたい》を出《だ》すそうだ。工作隊《こうさくたい》といっても半分《はんぶん》決死隊《けっしたい》だ。私《わたし》はいままでに、こんな危険《きけん》に迫《せま》った仕事《しごと》をしたことがない。」

「十日《とおか》のうちにできるでしょうか。」

「きっとできる。装置《そうち》には三日《みっか》、サンムトリ市《し》の発電所《はつでんしょ》から、電線《でんせん》を引《ひ》いてくるには五日《いつか》かかるな。」

技師《ぎし》はしばらく指《ゆび》を折《お》って考《かんが》えていましたが、やがて安心《あんしん》したようにまたしずかに言《い》いました。

「とにかくブドリ君《くん》。一《ひと》つ茶《ちゃ》をわかして飲《の》もうではないか。あんまりいい景色《けしき》だから。」

ブドリは持《も》って来《き》たアルコールランプに火《ひ》を入《い》れて、茶《ちゃ》をわかしはじめました。空《そら》にはだんだん雲《くも》が出《で》て、それに日《ひ》ももう落《お》ちたのか、海《うみ》はさびしい灰《はい》いろに変《か》わり、たくさんの白《しろ》い波《なみ》がしらは、いっせいに火山《かざん》のすそに寄《よ》せて来《き》ました。

ふとブドリはすぐ目《め》の前《まえ》に、いつか見《み》たことのあるおかしな形《かたち》の小《ち》さな飛行船《ひこうせん》が飛《と》んでいるのを見《み》つけました。老技師《ろうぎし》もはねあがりました。

「あ、クーボー君《くん》がやって来《き》た。」ブドリも続《つづ》いて小屋《こや》を
とび出《だ》しました。飛行船《ひこうせん》はもう小屋《こや》の左側《ひだりがわ》の大《おお》きな岩《いわ》の壁《かべ》
の上《うえ》にとまって、中《なか》からせいの高《たか》いクーボー大博士《だいはかせ》がひら
りと飛《と》びおりていました。博士《はかせ》はしばらくその辺《へん》の岩《いわ》の大《おお》
きなさけ目《め》をさがしていましたが、やっとそれを見《み》つけた
と見《み》えて、手早《てばや》くねじをしめて飛行船《ひこうせん》をつなぎました。
「お茶《ちゃ》をよばれに来《き》たよ。ゆれるかい。」大博士《だいはかせ》はにやに
やわらって言《い》いました。老技師《ろうぎし》が答《こた》えました。
「まだそんなでない。けれども、どうも岩《いわ》がぼろぼろ上《うえ》
から落《お》ちているらしいんだ。」
ちょうどその時《とき》、山《やま》はにわかにおこったように鳴《な》り出《だ》し、

ブドリは目《め》の前が青《あお》くなったように思《おも》いました。山《やま》はぐらぐら続《つづ》けてゆれました。見《み》るとクーボー大博士《だいはかせ》も老技師《ろうぎし》もしゃがんで岩《いわ》へしがみついていましたし、飛行船《ひこうせん》も大《おお》きな波《なみ》に乗《の》った船《ふね》のようにゆっくりゆれておりました。

地震《じしん》はやっとやみ、クーボー大博士《だいはかせ》は起《お》きあがってすたすたと小屋《こや》へはいって行《い》きました。中《なか》ではお茶《ちゃ》がひっくり返《かえ》って、アルコールが青《あお》くぽかぽか燃《も》えていました。クーボー大博士《だいはかせ》は器械《きかい》をすっかり調《しら》べて、それから老技師《ろうぎし》といろいろ話《はな》しました。そしてしまいに言《い》いました。

「もうどうしても、来年《らいねん》は潮汐発電所《ちょうせきはつでんしょ》を全部《ぜんぶ》作《つく》ってしまわなければならない。それができれば今度《こんど》のような場合《ばあい》にもその日《ひ》のうちに仕事《しごと》ができるし、ブドリ君《くん》が言《い》っている沼《ぬま》ばたけの肥料《ひりょう》も降《ふ》らせられるんだ。」

「旱魃《かんばつ》だってちっともこわくなくなるからな。」ペンネン技師《ぎし》も言《い》いました。ブドリは胸《むね》がわくわくしました。山《やま》まで踊《おど》りあがっているように思《おも》いました。じっさい山《やま》は、その時《とき》はげしくゆれ出《だ》して、ブドリは床《ゆか》へ投《な》げ出《だ》されていたのです。大博士《だいはかせ》が言《い》いました。

「やるぞ、やるぞ。いまのはサンムトリの市《し》へも、かなり感《かん》じたにちがいない。」

老技師《ろうぎし》が言《い》いました。

「今《いま》のはぼくらの足《あし》もとから、北《きた》へ一《いち》キロばかり、地表下七百《ちひょうしたななひゃく》メートルぐらいの所《ところ》で、この小屋《こや》の六七十倍《ろくしちじゅうばい》ぐらいの岩《いわ》の塊《かたまり》が熔岩《ようがん》の中《なか》へ落《お》ち込《こ》んだらしいのだ。ところがガスがいよいよ最後《さいご》の岩《いわ》の皮《かわ》をはね飛《と》ばすまでには、そんな塊《かたまり》を百《ひゃく》も二百《にひゃく》も、じぶんのからだの中《なか》にとらなければならない。」

大博士《だいはかせ》はしばらく考《かんが》えていましたが、

「そうだ、僕《ぼく》はこれで失敬《しっけい》しよう。」と言《い》って小屋《こや》を出《で》て、いつかひらりと船《ふね》に乗《の》ってしまいました。老技師《ろうぎし》とブドリは、大博士《だいはかせ》があかりを二三度《にさんど》振《ふ》って挨拶《あいさつ》しながら、山《やま》をまわって向《む》こうへ行《い》くのを見送《みおく》ってまた小屋《こや》にはいり、かわるがわる眠《ねむ》ったり観測《かんそく》したりしました。そして明《あ》け方《がた》ふもとへ工作隊《こうさくたい》がつきますと、老技師《ろうぎし》はブドリを一人《ひとり》小屋《こや》に残《のこ》して、きのう指《ゆび》さしたあの草地《くさち》まで降《お》りて行《い》きました。みんなの声《こえ》や、鉄《てつ》の材料《ざいりょう》の触《ふ》れ合《あ》う音《おと》は、下《した》から風《かぜ》の吹《ふ》き上《あ》げるときは、手《て》にとるように聞《き》こえました。ペンネン技師《ぎし》からはひっきりなしに、向《む》こうの仕事《しごと》の進《すす》み具合《ぐあい》も知《し》らせてよこし、ガスの圧力《あつりょく》や山《やま》の形《かたち》の変《か》わりようも尋《たず》ねて来《き》ました。それから三日《みっか》の間《あいだ》は、はげしい地震《じしん》や地鳴《ぢな》りのなかで、ブドリのほうもふもとのほうもほとんど眠《ねむ》るひまさえありませんでした。その四日目《よっかめ》の午前《ごぜん》、老技師《ろうぎし》からの発信《はっしん》が言《い》って来《き》ました。

「ブドリ君《くん》だな。すっかりしたくができた。急《いそ》いで降《お》りてきたまえ。観測《かんそく》の器械《きかい》は一《いっ》ぺん調《しら》べてそのままにして、表《ひょう》は全部《ぜんぶ》持《も》ってくるのだ。もうその小屋《こや》はきょうの午後《ごご》にはなくなるんだから。」

ブドリはすっかり言《い》われたとおりにして山《やま》を降《お》りて行《い》きました。そこにはいままで局《きょく》の倉庫《そうこ》にあった大《おお》きな鉄材《てつざい》が、すっかり櫓《やぐら》に組《く》み立《た》っていて、いろいろな器械《きかい》はもう電流《でんりゅう》さえ来《く》ればすぐに働《はたら》き出《だ》すばかりになっていました。ペンネン技師《ぎし》の頬《ほお》はげっそり落《お》ち、工作隊《こうさくたい》の人《ひと》たちも青《あお》ざめて目《め》ばかり光《ひか》らせながら、それでもみんな笑《わら》ってブドリに挨拶《あいさつ》しました。

老技師《ろうぎし》が言《い》いました。

「では引《ひ》き上《あ》げよう。みんなしたくして車《くるま》に乗《の》りたまえ。」みんなは大急《おおいそ》ぎで二十台《にじゅうだい》の自動車《じどうしゃ》に乗《の》りました。車《くるま》は列《れつ》になって山《やま》のすそを一散《いちさん》にサンムトリの市《し》に走《はし》りました。ちょうど山《やま》と市《し》とのまん中《なか》どこで、技師《ぎし》は自動車《じどうしゃ》をとめさせました。「ここへ天幕《てんと》を張《は》りたまえ。そしてみんなで眠《ねむ》るんだ。」みんなは、物《もの》をひとことも言《い》えずに、そのとおりにして倒《たお》れるようにねむってしまいました。その午後《ごご》、老技師《ろうぎし》は受話器《じゅわき》を置《お》いて叫《さけ》びました。

「さあ電線《でんせん》は届《とど》いたぞ。ブドリ君《くん》、始《はじ》めるよ。」老技師《ろうぎし》はスイッチを入《い》れました。ブドリたちは、天幕《てんと》の外《そと》に出《で》て、サンムトリの中腹《ちゅうふく》を見《み》つめました。野原《のはら》には、白百合《しらゆり》がいちめんに咲《さ》き、その向《む》こうにサンムトリが青《あお》くひっそり立《た》っていました。

にわかにサンムトリの左《ひだり》のすそがぐらぐらっとゆれ、まっ黒《くろ》なけむりがぱっと立《た》ったと思《おも》うとまっすぐに天《てん》までのぼって行《い》って、おかしなきのこの形《かたち》になり、その足《あし》もとから黄金色《きんいろ》の熔岩《ようがん》がんきらきら流《なが》れ出《だ》して、見《み》るまにずうっと扇形《おうぎがた》にひろがりながら海《うみ》へはいりました。と思《おも》うと地面《じめん》ははげしくぐらぐらゆれ、百合《ゆり》の花《はな》もいちめんゆれ、それからごうっというような大《おお》きな音《おと》が、みんなを倒《たお》すくらい強《つよ》くやってきました。それから風《かぜ》がどうっと吹《ふ》いて行《い》きました。

「やったやった。」とみんなはそっちに手《て》を延《の》ばして高《たか》く叫《さけ》びました。この時《とき》サンムトリの煙《けむり》は、くずれるようにそらいっぱいひろがって来《き》ましたが、たちまちそらはまっ暗《くら》になって、熱《あつ》いこいしがばらばらばらばら降《ふ》ってきました。みんなは天幕《てんと》の中《なか》にはいって心配《しんぱい》そうにしていましたが、ペンネン技師《ぎし》は、時計《とけい》を見《み》ながら、

「ブドリ君《くん》、うまく行《い》った。危険《きけん》はもう全《まった》くない。市《し》のほうへは灰《はい》をすこし降《ふ》らせるだけだろう。」と言《い》いました。こいしはだんだん灰《はい》にかわりました。それもまもなく薄《うす》くなって、みんなはまた天幕《てんと》の外《そと》へ飛《と》び出《だ》しました。野原《のはら》はまるで一《いち》めんねずみいろになって、灰《はい》は一寸《いっすん》ばかり積《つ》もり、

百合《ゆり》の花《はな》はみんな折《お》れて灰《はい》に埋《う》まり、空《そら》は変《へん》に緑《みどり》いろでした。そしてサンムトリのすそには小《ちい》さなこぶができて、そこから灰《はい》いろの煙《けむり》が、まだどんどんのぼっておりました。

その夕方《ゆうがた》、みんなは灰《はい》やこいしを踏《ふ》んで、もう一度山《いちどやま》へのぼって、新《あたら》しい観測《かんそく》の器械《きかい》を据《す》え着《つ》けて帰《かえ》りました。

## 七　雲《くも》の海《うみ》

それから四年《よねん》の間《あいだ》に、クーボー大博士《だいはかせ》の計画《けいかく》どおり、潮汐発電所《ちょうせきはつでんしょ》は、イーハトーヴの海岸《かいがん》に沿《そ》って、二百《にひゃく》も配置《はいち》されました。イーハトーヴをめぐる火山《かざん》には、観測小屋《かんそくごや》といっしょに、白《しろ》く塗《ぬ》られた鉄《てつ》の櫓《やぐら》が順々《じゅんじゅん》に建《た》ちました。

ブドリは技師《ぎし》心得《こころえ》になって、一年《いちねん》の大部分《だいぶぶん》は火山《かざん》から火山《かざん》と回《まわ》ってあるいたり、あぶなくなった火山《かざん》を工作《こうさく》したりしていました。

次《つぎ》の年《とし》の春《はる》、イーハトーヴの火山局《かざんきょく》では、次《つぎ》のようなポスターを村《むら》や町《まち》へ張《は》りました。

「窒素肥料《ちっそひりょう》を降《ふ》らせます。

ことしの夏《なつ》、雨《あめ》といっしょに、硝酸《しょうさん》アムモニヤをみなさんの沼《ぬま》ばたけや蔬菜《そさい》ばたけに降《ふ》らせますから、肥料《ひりょう》を使《つか》うかたは、その分《ぶん》を入《い》れて計算《けいさん》してください。分量《ぶんりょう》は百《ひゃく》メートル四方《しほう》につき百二十《ひゃくにじゅう》キログラムです。

雨《あめ》もすこしは降《ふ》らせます。

旱魃《かんばつ》の際《さい》には、とにかく作物《さくもつ》の枯《か》れないぐらいの雨《あめ》は降《ふ》らせることができますから、いままで水《みず》が来《こ》なくなって作付《さくづけ》しなかった沼《ぬま》ばたけも、ことしは心配《しんぱい》せずに植《う》え付《つ》けてください。」

その年《とし》の六月《ろくがつ》、ブドリはイーハトーヴのまん中《なか》にあたるイーハトーヴ火山《かざん》の頂上《ちょうじょう》の小屋《こや》におりました。下《した》はいちめん灰《はい》いろをした雲《くも》の海《うみ》でした。そのあちこちからイーハトーヴじゅうの火山《かざん》のいただきが、ちょうど島《しま》のように黒《くろ》く出《で》ておりました。その雲《くも》のすぐ上《うえ》を一隻《いっせき》の飛行船《ひこうせん》が、船尾《せんび》からまっ白《しろ》な煙《けむり》を噴《ふ》いて、一《ひと》つの峯《みね》から一《ひと》つの峯《みね》へちょうど橋《はし》をかけるように飛《と》びまわっていました。そのけむりは、時間《じかん》がたつほどだんだん太《ふと》くはっきりなってしずかに下《した》の雲《くも》の海《うみ》に落《お》ちかぶさり、まもなく、いちめんの雲《くも》の海《うみ》にはうす白《じろ》く光《ひか》る大《おお》きな網《あみ》が山《やま》から山《やま》へ張《は》りわたされました。いつか飛行船《ひこうせん》はけむりを納《おさ》めて、しばらく挨拶《あいさつ》するように輪《わ》を描《えが》いていましたが、やがて船首《せんしゅ》をたれてしずかに雲《くも》の中《なか》へ沈《しず》んで行《い》ってしまいました。

受話器《じゅわき》がジーと鳴《な》りました。ペンネン技師《ぎし》の声《こえ》でした。

「飛行船《ひこうせん》はいま帰《かえ》って来《き》た。下《した》のほうのしたくはすっかりいい。雨《あめ》はざあざあ降《ふ》っている。もうよかろうと思《おも》う。はじめてくれたまえ。」

ブドリはぼたんを押《お》しました。見《み》る見《み》るさっきのけむりの網《あみ》は、美《うつく》しい桃《もも》いろや青《あお》や紫《むらさき》に、パッパッと目《め》もさめるようにかがやきながら、ついたり消《き》えたりしました。ブドリはまるでうっとりとしてそれに見《み》とれました。そのうちにだんだん日《ひ》は暮《く》れて、雲《くも》の海《うみ》もあかりが消《き》えたときは、灰《はい》いろかねずみいろかわからないようになりました。

受話器《じゅわき》が鳴《な》りました。

「硝酸《しょうさん》アムモニヤはもう雨《あめ》の中《なか》へでてきている。量《りょう》もこれぐらいならちょうどいい。移動《いどう》のぐあいもいいらしい。あと四時間《よじかん》やれば、もうこの地方《ちほう》は今月中《こんげつちゅう》はたくさんだろう。つづけてやってくれたまえ。」

ブドリはもううれしくってはね上《あ》がりたいくらいでした。

この雲《くも》の下《した》で昔《むかし》の赤《あか》ひげの主人《しゅじん》も、となりの石油《せきゆ》がこやしになるかと言《い》った人《ひと》も、みんなよろこんで雨《あめ》の音《おと》を聞《き》いている。そしてあすの朝《あさ》は、見違《みちが》えるように緑《みどり》いろになったオリザの株《かぶ》を手《て》でなでたりするだろう。まるで夢《ゆめ》のようだと思《おも》いながら、雲《くも》のまっくらになったり、また美《うつく》しく輝《かがや》いたりするのをながめておりました。ところが短《みじか》い夏《なつ》の夜《よる》はもう明《あ》けるらしかったのです。電光《でんこう》の合間《あいま》に、東《ひがし》の雲《くも》の海《うみ》のはてがぼんやり黄《き》ばんでいるのでした。

ところがそれは月《つき》が出《で》るのでした。大《おお》きな黄《き》いろな月《つき》がしずかにのぼってくるのでした。そして雲《くも》が青《あお》く光《ひか》るときは変《へん》に白《しろ》っぽく見《み》え、桃《もも》いろに光《ひか》るときは何《なに》かわらっているように見《み》えるのでした。ブドリは、もうじぶんがだれなのか、何《なに》をしているのか忘《わす》れてしまって、ただぼんやりそれをみつめていました。

受話器《じゅわき》はジーと鳴《な》りました。

「こっちではだいぶ雷《かみなり》が鳴《な》りだして来《き》た。網《あみ》があちこちちぎれたらしい。あんまり鳴《な》らすとあしたの新聞《しんぶん》が悪口《わるぐち》を言《い》うからもう十分《じゅっぷん》ばかりでやめよう。」

ブドリは受話器《じゅわき》を置《お》いて耳《みみ》をすましました。雲《くも》の海《うみ》はあっちでもこっちでもぶつぶつぶつぶつつぶやいているのです。よく気《き》をつけて聞《き》くとやっぱりそれはきれぎれの雷《かみなり》の音《おと》でした。

ブドリはスイッチを切《き》りました。にわかに月《つき》のあかりだけになった雲《くも》の海《うみ》は、やっぱりしずかに北《きた》へ流《なが》れています。ブドリは毛布《もうふ》をからだに巻《ま》いてぐっすり眠《ねむ》りました。

## 八　秋《あき》

その年《とし》の農作物《のうさくもつ》の収穫《しゅうかく》は、気候《きこう》のせいもありましたが、十年《じゅうねん》の間《あいだ》にもなかったほど、よくできましたので、火山局《かざんきょく》にはあっちからもこっちからも感謝状《かんしゃじょう》や激励《げきれい》の手紙《てがみ》が届《とど》きました。ブドリははじめてほんとうに生《い》きがいがあるように思《おも》いました。

ところがある日《ひ》、ブドリがタチナという火山《かざん》へ行《い》った帰《かえ》り、とりいれの済《す》んでがらんとした沼《ぬま》ばたけの中《なか》の小《ちい》さな村《むら》を通《とお》りかかりました。ちょうどひるころなので、パンを

買《か》おうと思《おも》って、一軒《いっけん》の雑貨《ざっか》や菓子《かし》を買《か》っている店《みせ》へ寄《よ》って、

「パンはありませんか。」とききました。するとそこには三人《さんにん》のはだしの人《ひと》たちが、目《め》をまっ赤《か》にして酒《さけ》を飲《の》んでおりましたが、一人《ひとり》が立《た》ち上《あ》がって、

「パンはあるが、どうも食《く》われないパンでな。石盤《セキパン》だもな。」

とおかしなことを言《い》いますと、みんなはおもしろそうにブドリの顔《かお》を見《み》てどっと笑《わら》いました。ブドリはいやになって、ぷいっと表《おもて》へ出《で》ましたら、向《む》こうから髪《かみ》を角刈《かくが》りにしたせいの高《たか》い男《おとこ》が来《き》て、いきなり、

「おい、お前《まえ》、ことしの夏《なつ》、電気《でんき》でこやし降《ふ》らせたブドリ

だな。」と言《い》いました。

「そうだ。」ブドリは何《なに》げなく答《こた》えました。その男《おとこ》は高《たか》く叫《さけ》びました。

「火山局《かざんきょく》のブドリが来《き》たぞ。みんな集《あつ》まれ。」

すると今《いま》の家《いえ》の中《なか》やそこらの畑《はたけ》から、十八人《じゅうはちにん》の百姓《ひゃくしょう》たちが、げらげらわらってかけて来《き》ました。

「この野郎《やろう》、きさまの電気《でんき》のおかげで、おいらのオリザ、みんな倒《たお》れてしまったぞ。何《な》してあんなまねしたんだ。」

一人《ひとり》が言《い》いました。

ブドリはしずかに言《い》いました。

「倒《たお》れるなんて、きみらは春《はる》に出《だ》したポスターを見《み》なかったのか。」

「何《なに》この野郎《やろう》。」いきなり一人《ひとり》がブドリの帽子《ぼうし》をたたき落《お》としました。それからみんなは寄《よ》ってたかってブドリをなぐったりふんだりしました。ブドリはとうとう何《なに》がなんだかわからなくなって倒《たお》れてしまいました。

気《き》がついてみるとブドリはどこかの病院《びょういん》らしい室《へや》の白《しろ》いベッドに寝《ね》ていました。枕《まくら》もとには見舞《みま》いの電報《でんぽう》や、たくさんの手紙《てがみ》がありました。ブドリのからだじゅうは痛《いた》くて熱《あつ》く、動《うご》くことができませんでした。けれどもそれから一週間《いっしゅうかん》ばかりたちますと、もうブドリはもとの元気《げんき》になっていました。そして新聞《しんぶん》で、あのときの出来事《できごと》は、肥料《ひりょう》の入《い》れようをまちがって教《おし》えた農業技師《のうぎょうぎし》が、オリザの倒《たお》れたのをみんな火山局《かざんきょく》のせいにして、ごまかしていたためだということを読《よ》んで、大《おお》きな声《こえ》で一人《ひとり》で笑《わら》いました。

その次《つぎ》の日《ひ》の午後《ごご》、病院《びょういん》の小使《こづかい》がはいって来《き》て、

「ネリというご婦人《ふじん》のおかたがたずねておいでになりました。」と言《い》いました。ブドリは夢《ゆめ》ではないかと思《おも》いましたら、まもなく一人《ひとり》の日《ひ》に焼《や》けた百姓《ひゃくしょう》のおかみさんのような人《ひと》が、おずおずとはいって来《き》ました。それはまるで変《か》わってはいましたが、あの森《もり》の中《なか》からだれかにつれて行《い》かれたネリだったのです。二人《ふたり》はしばらく物《もの》も言《い》えませんでしたが、やっとブドリが、その後《ご》のことをたずねますと、ネリ

もぼつぼつとイーハトーヴの百姓《ひゃくしょう》のことばで、今《いま》までのことを話《はな》しました。ネリを連《つ》れて行《い》ったあの男《おとこ》は、三日《みっか》ばかりの後《あと》、めんどうくさくなったのか、ある小《ちい》さな牧場《ぼくじょう》の近《ちか》くへネリを残《のこ》して、どこかへ行《い》ってしまったのでした。

ネリがそこらを泣《な》いて歩《ある》いていますと、その牧場《ぼくじょう》の主人《しゅじん》がかわいそうに思《おも》って家《いえ》へ入《い》れて、赤《あか》ん坊《ぼう》のお守《もり》をさせたりしていましたが、だんだんネリはなんでも働《はたら》けるようになったので、とうとう三四年《さんよねん》前にその小《ちい》さな牧場《ぼくじょう》のいちばん上《うえ》の息子《むすこ》と結婚《けっこん》したというのでした。そしてことしは肥料《ひりょう》も降《ふ》ったので、いつもなら厩肥《まやごえ》を遠《とお》くの畑《はたけ》まで運《はこ》び出《だ》さなければならず、たいへん難儀《なんぎ》したのを、近《ちか》くのかぶら畑《ばたけ》へみんな入《い》れたし、遠《とお》くの玉蜀黍《とうもろこし》もよくできたので、家《いえ》じゅうみんなよろこんでいるというようなことも言《い》いました。またあの森《もり》の中《なか》へ主人《しゅじん》の息子《むすこ》といっしょに何《なん》べんも行《い》って見《み》たけれども、家《いえ》はすっかりこわれていたし、ブドリはどこへ行《い》ったかわからないので、いつもがっかりして帰《かえ》っていたら、きのう新聞《しんぶん》で主人《しゅじん》がブドリのけがをしたことを読《よ》んだので、やっとこっちへたずねて来《き》たということも言《い》いました。ブドリは、なおったらきっとその家《いえ》へたずねて行《い》ってお礼《れい》を言《い》う約束《やくそく》をしてネリを帰《かえ》しました。

## 九　カルボナード島《とう》

それからの五年《ごねん》は、ブドリにはほんとうに楽《たの》しいものでした。赤《あか》ひげの主人《しゅじん》の家《いえ》にも何《なん》べんもお礼《れい》に行《い》きました。

もうよほど年《とし》はとっていましたが、やはり非常《ひじょう》な元気《げんき》で、こんどは毛《け》の長《なが》いうさぎを千匹以上《せんびきいじょう》飼《か》ったり、赤《あか》い甘藍《かんらん》ばかり畑《はたけ》に作《つく》ったり、相変《あいか》わらずの山師《やまし》はやっていましたが、暮《く》らしはずうっといいようでした。

ネリには、かわいらしい男《おとこ》の子《こ》が生《う》まれました。冬《ふゆ》に仕事《しごと》がひまになると、ネリはその子《こ》にすっかりこどもの百姓《ひゃくしょう》のようなかたちをさせて、主人《しゅじん》といっしょに、ブドリの家《いえ》にたずねて来《き》て、泊《と》まって行《い》ったりするのでした。

ある日《ひ》、ブドリのところへ、昔《むかし》てぐす飼《が》いの男《おとこ》にブドリといっしょに使《つか》われていた人《ひと》がたずねて来《き》て、ブドリたちのおとうさんのお墓《はか》が森《もり》のいちばんはずれの大《おお》きな榧《かや》の木《き》の下《した》にあるということを教《おし》えて行《い》きました。それは、はじめ、てぐす飼《が》いの男《おとこ》が森《もり》に来《き》て、森《もり》じゅうの木《き》を見《み》てあるいたとき、ブドリのおとうさんたちの冷《つめ》たくなったからだを見《み》つけて、ブドリに知《し》らせないように、そっと土《つち》に埋《う》めて、上《うえ》へ一本《いっぽん》の樺《かば》の枝《えだ》をたてておいたというのでした。ブドリは、すぐネリたちをつれてそこへ行《い》って、白《しろ》い石灰岩《せっかいがん》の墓《はか》をたてて、それからもその辺《へん》を通《とお》るたびにいつも寄《よ》ってくるのでした。

そしてちょうどブドリが二十七《にじゅうしち》の年《とし》でした。どうもあの恐《おそ》ろしい寒《さむ》い気候《きこう》がまた来《く》るような模様《もよう》でした。測候所《そっこうじょ》では、太陽《たいよう》の調子《ちょうし》や北《きた》のほうの海《うみ》の氷《こおり》の様子《ようす》から、その年《とし》の二月《にがつ》にみんなへそれを予報《よほう》しました。それが一足《ひとあし》ずつだんだんほんとうになって、こぶしの花《はな》が咲《さ》かなかったり、五月《ごがつ》に十日《とおか》もみぞれが降《ふ》ったりしますと、みんなはもうこの前《まえ》の凶作《きょうさく》を思《おも》い出《だ》して、生《い》きたそらもありませんでした。クーボー大博士《だいはかせ》も、たびたび気象《きしょう》や農業《のうぎょう》の技師《ぎし》たちと相談《そうだん》したり、意見《いけん》を新聞《しんぶん》へ出《だ》したりしましたが、やっぱりこの激《はげ》しい寒《さむ》さだけはどうともできないようすでした。

ところが六月《ろくがつ》もはじめになって、まだ黄《き》いろなオリザの苗《なえ》や、芽《め》を出《だ》さない木《き》を見《み》ますと、ブドリはもういても立《た》ってもいられませんでした。このままで過《す》ぎるなら、森《もり》にも野原《のはら》にも、ちょうどあの年《とし》のブドリの家族《かぞく》のようになる人《ひと》がたくさんできるのです。ブドリはまるで物《もの》も食《た》べずに幾晩《いくばん》も幾晩《いくばん》も考《かん》えました。ある晩《ばん》ブドリは、クーボー大博士《だいはかせ》のうちをたずねました。

「先生《せんせい》、気層《きそう》のなかに炭酸《たんさん》ガスがふえて来《く》れば暖《あたた》かくなるのですか。」

「それはなるだろう。地球《ちきゅう》ができてからいままでの気温《きおん》は、たいてい空気中《くうきちゅう》の炭酸《たんさん》ガスの量《りょう》できまっていたと言《い》われるくらいだからね。」

「カルボナード火山島《かざんとう》が、いま爆発《ばくはつ》したら、この気候《きこう》を変《か》えるくらいの炭酸《たんさん》ガスを噴《ふ》くでしょうか。」

「それは僕《ぼく》も計算《けいさん》した。あれがいま爆発《ばくはつ》すれば、ガスはすぐ大循環《だいじゅんかん》の上層《じょうそう》の風《かぜ》にまじって地球《ちきゅう》ぜんたいを包《つつ》むだろう。そして下層《かそう》の空気《くうき》や地表《ちひょう》からの熱《ねつ》の放散《ほうさん》を防《ふせ》ぎ、地球《ちきゅう》全体《ぜんたい》を平均《へいきん》で五度《ごど》ぐらい暖《あたた》かくするだろうと思《おも》う。」

「先生《せんせい》、あれを今《いま》すぐ噴《ふ》かせられないでしょうか。」

「それはできるだろう。けれども、その仕事《しごと》に行《い》ったもののうち、最後《さいご》の一人《ひとり》はどうしても逃《に》げられないのでね。」

「先生《せんせい》、私《わたし》にそれをやらしてください。どうか先生《せんせい》からペンネン先生《せんせい》へお許《ゆる》しの出《で》るようおことばをください。」

「それはいけない。きみはまだ若《わか》いし、いまのきみの仕事《しごと》にかわれるものはそうはない。」

「私《わたし》のようなものは、これからたくさんできます。私《わたし》よりもっともっとなんでもできる人《ひと》が、私《わたし》よりもっと立派《りっぱ》にもっと美《うつく》しく、仕事《しごと》をしたり笑《わら》ったりして行《い》くのですから。」

「その相談《そうだん》は僕《ぼく》はいかん。ペンネン技師《ぎし》に話《はな》したまえ。」

ブドリは帰《かえ》って来《き》て、ペンネン技師《ぎし》に相談《そうだん》しました。技師《ぎし》はうなずきました。

「それはいい。けれども僕《ぼく》がやろう。僕《ぼく》はことしもう六十三《ろくじゅうさん》なのだ。ここで死《し》ぬなら全《まった》く本望《ほんもう》というものだ。」

「先生《せんせい》、けれどもこの仕事《しごと》はまだあんまり不確《ふたし》かです。一《いっ》ぺんうまく爆発《ばくはつ》してもまもなくガスが雨《あめ》にとられてしまうかもしれませんし、また何《なに》もかも思《おも》ったとおりいかないかもしれません。先生《せんせい》が今度《こんど》おいでになってしまっては、あとなんともくふうがつかなくなると存《ぞん》じます。」

老技師《ろうぎし》はだまって首《くび》をたれてしまいました。

それから三日《みっか》の後《あと》、火山局《かざんきょく》の船《ふね》が、カルボナード島《とう》へ急《いそ》いで行《い》きました。そこへいくつものやぐらは建《た》ち、電線《でんせん》は連結《れんけつ》されました。

すっかりしたくができると、ブドリはみんなを船《ふね》で帰《かえ》してしまって、じぶんは一人島《ひとりしま》に残《のこ》りました。

そしてその次《つぎ》の日《ひ》、イーハトーヴの人《ひと》たちは、青《あお》ぞらが緑《みどり》いろに濁《にご》り、日《ひ》や月《つき》が銅《あかがね》いろになったのを見《み》ました。

けれどもそれから三四日《さんよっか》たちますと、気候《きこう》はぐんぐん暖《あたた》かくなってきて、その秋《あき》はほぼ普通《ふつう》の作柄《さくがら》になりました。

そしてちょうど、このお話《はなし》のはじまりのようになるはずの、たくさんのブドリのおとうさんやおかあさんは、たくさんのブドリやネリといっしょに、その冬《ふゆ》を暖《あたた》かいたべものと、明《あか》るい薪《たきぎ》で楽《たの》しく暮《く》らすことができたのでした。

宮沢賢治大活字本シリーズ①

# 銀河鉄道の夜

2019年　10月1日 第1版第1刷発行
2020年　6月20日 第1版第2刷発行

著　者　　宮　沢　賢　治
編　者　　三　和　書　籍
©2019 Sanwashoseki
発行者　　高　橋　　考
発　行　　三　和　書　籍
〒112-0013　東京都文京区音羽2-2-2
電話 03-5395-4630　FAX 03-5395-4632
sanwa@sanwa-co.com
http://www.sanwa-co.com/
印刷／製本　中央精版印刷株式会社

乱丁、落丁本はお取替えいたします。定価はカバーに表示しています。
本書の一部または全部を無断で複写、複製転載することを禁じます。
ISBN978-4-86251-381-6　C0093

## 続刊予定

Sanwa co.,Ltd.

### 宮沢賢治再発見！

・賢治の物語を７つの色で分けました。藍色は銀河系、紫色は芸術、青色は賢治ブルー、緑色は自然、黄色は光、橙色は人生、赤色は愛。レインボーカラーで彩られた物語が始まる。　・ユニバーサルデザイン仕様の大活字本・全文ふりがな付き

1.銀河鉄道の夜
銀河鉄道の夜／グスコーブドリの伝記

2.セロ弾きのゴーシュ
セロ弾きのゴーシュ／よだかの星／水仙月の四日／鹿踊りのはじまり／ガドルフの百合／かしわばやしの夜

3.風の又三郎
風の又三郎/楢ノ木大学士の野宿

4.注文の多い料理店
注文の多い料理店／ポラーノの広場

5.十力の金剛石
十力の金剛石/ めくらぶどうと虹/ 烏の北斗七星/双子の星/猫の事務所

6.雨ニモマケズ
雨ニモマケズ／どんぐりと山猫／虔十公園林/なめとこ山の熊/ イギリス海岸/フランドン農学校の豚/ 耕でん部の時計

7.春と修羅
春と修羅／貝の火

宮沢賢治大活字本シリーズ　全７巻　ISBN978-4-86251-393-9

A5 判　並製　平均 260 頁　全７巻セット 本体 24,500 円 + 税　各巻 本体 3,500 円 + 税